BIBLIOTECA MARTINS FONTES

Duas comédias:
Lisístrata e
As tesmoforiantes

Aristófanes *450 ✝385

Duas comédias: Lisístrata e As tesmoforiantes

Aristófanes

Tradução, apresentação e notas
Adriane da Silva Duarte

Martins Fontes
São Paulo 2005

Título dos originais gregos:
Λυσιστράτη *(Lysystráte)* e
ΘεσμοΦοριάζουσαι *(Thesmophoriázousai)*.
Copyright © 2005, Livraria Martins Fontes Editora Ltda.,
São Paulo, para a presente edição.

1ª edição
fevereiro de 2005

Tradução, apresentação e notas
ADRIANE DA SILVA DUARTE

Acompanhamento editorial
Luzia Aparecida dos Santos
Preparação do original
Vadim Nikitin
Revisões gráficas
Maria Luiza Favret
Solange Martins
Dinarte Zorzanelli da Silva
Produção gráfica
Geraldo Alves
Paginação
Moacir Katsumi Matsusaki

Dados Internacionais de Catalogação na Publicação (CIP)
(Câmara Brasileira do Livro, SP, Brasil)

Aristófanes
    Duas comédias : Lisístrata e as Tesmoforiantes / Aristófanes ; tradução, apresentação e notas Adriane da Silva Duarte. – São Paulo : Martins Fontes, 2005. – (Biblioteca Martins Fontes)

    Título original: Lysystráte, Thesmophoriázousai.
    ISBN 85-336-2101-9

    1. Comédia grega I. Duarte, Adriane da Silva. II. Título. III. Título: Lisístrata. IV. Título: Tesmoforiantes. V. Série.

05-0749   CDD-882.01

Índices para catálogo sistemático:
1. Comédia : Literatura grega antiga   882.01

Todos os direitos desta edição para a língua portuguesa reservados à
Livraria Martins Fontes Editora Ltda.
Rua Conselheiro Ramalho, 330 01325-000 São Paulo SP Brasil
Tel. (11) 3241.3677 Fax (11) 3101.1042
e-mail: info@martinsfontes.com.br http://www.martinsfontes.com.br

ÍNDICE

Introdução IX
Cronologia XLV
Nota à presente edição XLVII

Lisístrata 1
Notas 92
As tesmoforiantes 101
Notas 185

INTRODUÇÃO

Mulheres à beira de um ataque de nervos

I. Aristófanes e a comédia grega antiga

Antes de tratar diretamente das comédias que integram este volume, é necessário dar algumas informações sobre como o gênero se desenvolveu na Grécia, de modo a situá-lo em seu contexto histórico.

Ao menos em duas ocasiões a cada ano, os atenienses desfrutavam de representações teatrais. A primeira, na primavera, durante as Grandes Dionísias; a segunda, no inverno, durante as Lenéias. Nos dois casos os concursos dramáticos faziam parte de festivais em honra a Dioniso, patrono do drama. Seu culto era marcado por danças, manifestações de êxtase religioso e grande consumo de bebida, sobretudo do vinho, um dos seus atributos, juntamente com a máscara. Eram, portanto, atividades que integravam o intenso calendário religioso da cidade, ao mesmo tempo que proporcionavam o descanso necessário dos dias de trabalho.

Esses festivais tinham características diferentes. Enquanto as Grandes Dionísias eram voltadas para um público amplo, visando não só aos cidadãos mas também aos estrangeiros, que vinham em grande número a Atenas atraídos pelas festividades, as Lenéias tinham caráter doméstico, restringindo-se aos atenienses. Além dos concursos dramáticos, realizavam-se procissões, paradas militares, cerimônias de condecoração por bravura, entrega pública das contribuições devidas pelos aliados. A cidade aproveitava a ocasião para exibir seu poderio militar e econômico aos moradores e aos visitantes, projetando uma imagem grandiosa de si mesma. Essa projeção continuava no palco, onde eram encenadas tragédias, dramas satíricos e comédias. Durante a Guerra do Peloponeso (431-404 a.C.), período em que foi produzida a maioria das comédias aristofânicas, as representações levavam três dias. Em cada um, eram apresentados uma trilogia trágica e um drama satírico, compostos por um mesmo autor, e, para encerrar, uma comédia, de autoria de outro. Apesar da proximidade formal, não era costume entre os gregos que um mesmo poeta se dedicasse à composição de ambos os gêneros, havendo, portanto, uma especialização entre eles.

Dos poetas da comédia antiga, somente Aristófanes teve parte significativa de sua obra preservada na íntegra – são conhecidas onze das cerca de quarenta comédias atribuídas a ele, quase todas compostas durante o último quarto do século V a.C. Obviamente, a qualificação da comédia como antiga pressupõe a existência de outra, que viria a sucedê-la, a nova. Para os estudantes de literatura grega, esse é um ponto pacífico, decretado pelos manuais. A comédia antiga, introduzida nos concursos dramáticos atenienses por volta de 475 a.C. e quase cinqüenta anos após a encenação das primeiras tragédias, é identificada com a obra de Crates, Cratino, Êupolis e, sobretudo, Aristófanes. A comédia nova, que atinge seu apogeu quase cento e cinqüenta anos mais tarde, é representada por Menandro e Filemão, cuja influência na formação da comédia latina é decisiva. Teria havido ainda uma comédia intermediária, que se desenvolveu nas primeiras décadas do século IV a.C. e que deve seu nome ao fato de conter características tanto da antiga quanto da nova, constituindo um gênero de transição.

Essa classificação ressalta certas diferenças de natureza formal e temática entre esses dois momentos do drama cômico ateniense, como por exemplo o largo emprego do canto coral na antiga e sua supressão na nova, ou a preferência desta pela representação do *oíkos*, a casa, em detrimento da *pólis*, a cidade, retratada prioritariamente por aquela.

No entanto, não parece certo que os gregos percebessem as coisas dessa maneira. Aristóteles, em sua *Poética*, observa que a tragédia, "nascida de um princípio improvisado, (...) pouco a pouco foi evoluindo, à medida que se desenvolvia tudo quanto nela se manifestava; até que, passadas muitas transformações, se deteve, logo que atingiu sua forma natural" (1449 a 9-15)[1]. O filósofo passa então a discorrer sobre essas transformações, apontando os responsáveis por elas, mas, no que diz respeito à comédia, nota que as etapas de sua formação são obscuras e não arrisca a mesma afirmação, ou seja, de que ela teria alcançado a sua *phýsis*, forma natural. Não há surpresa quanto a isso, já que, ao contrário do gênero irmão, não se pode afirmar que a comédia do século quinto cessou em algum momento de modificar-se e estabilizou-se. As diferenças entre *Acarnenses* e *Pluto*, respectivamente a primeira e a última peça preservada de Aristófanes, são enormes, e só é possível falar de estabilização no teatro de Menandro, cuja principal característica é a ausência de variação ou, nas palavras de Segal (1996: 1-8) num ensaio provocativo, "uma mesmice inesgotável" ("inexhaustible sameness").

---

[1] As citações da *Poética* seguem a tradução de Eudoro de Souza (Aristóteles, 1996).

A adoção dessa perspectiva enriquece nossa compreensão do gênero. A comédia dita antiga deixa de ser o ramo sem herdeiros que nos acostumamos a pensar, já que podemos perceber melhor os traços de continuidade com a nova e não só, como de hábito, sublinhar as rupturas. Assim, temas comuns saltam aos nossos olhos, antes distraídos com o encenar de grandes questões da esfera política e cultural, como por exemplo o conflito de gerações, que pode ser mais geral opondo velhos e jovens (*Acarnenses*) ou particular no confronto entre pais e filhos (*Nuvens*, *Vespas*), e a briga dos sexos (*Lisístrata* e, em menor grau, *As tesmoforiantes* e *Assembléia de mulheres*)[2]. Para recorrer, ainda mais uma vez, a um exemplo de Segal, por que não pensar nos *Cavaleiros* como uma tentativa de "domesticação" do espaço público, já que se discute o destino da cidade do ponto de vista da cozinha? É o *oîkos* que se sobrepõe à *pólis*, conformando-a a suas regras, e não o contrário.

Precisamente nos *Cavaleiros*, o coro afirma que "a direção de uma comédia é a tarefa mais árdua dentre todas" (v. 516), já que poucos a desempenham bem. À parte o caráter instável dos espectadores atenienses, outra razão para tal queixa pode ser encontrada em um fragmento (frag. 191) da comédia *Poiesis*, composta por Antífanes nas primeiras décadas do século quarto a.C.:

> ... *arte afortunada é a tragédia*
> *frente às outras todas! Primeiramente o enredo*
> *é conhecido pelos espectadores*
> *antes mesmo de se dizer qualquer coisa, de modo que*
> *só é necessário ao poeta relembrar. Apenas eu diga*

---

[2] Todos os títulos mencionados são de comédias de Aristófanes. Para uma lista das comédias atribuídas a esse autor, consultar a cronologia.

Introdução

"Édipo", já tudo o mais sabem: o pai é Laio;
a mãe, Jocasta; quem são as filhas e filhos;
o que sofrerá e o que fez. Por sua vez
pronuncie alguém "Alcmêon" e as criancinhas já
acabaram de contar tudo, que enlouquecido ele matou
a mãe, que Adrasto, irritado, num instante
entrará em cena, tornará a sair e novamente entrará.
E, quando não puderem dizer mais nada
e interromperem completamente a ação, [os tragediógrafos]
erguem, como que com o dedo mindinho, o deus ex-machina
e os espectadores ficam satisfeitos.
Nós [comediógrafos] não temos esses recursos, mas tudo
é preciso inventar: personagens (nomes novos), acontecimentos,
novos enredos, circunstâncias passadas e presentes, a reviravolta
e a introdução. Caso omita uma dessas partes
um Cremes ou um Fedo, ele é expulso pelas vaias.
Mas fazer isso é permitido a Peleu ou Teucro[3].

O mito, entendido como uma narrativa anônima de cunho tradicional, que trata de aspectos sagrados do mundo e na qual os deuses têm papel proeminente, não está no cerne da comédia, seja a aristofânica, seja a menandrina, ao contrário do que ocorre na tragédia, do qual constitui o principal material. E, segundo Antífanes, os comediógrafos se ressentem dessa particularidade de seu gênero. Os tragediógrafos construíam seus enredos com base em situações e personagens bem conhecidas – Édipo, por exemplo; no caso de uma falha de composição ou da omissão de alguma informação por parte do autor, o público podia suprir

---

[3] Tradução minha.

essa lacuna com o conhecimento prévio que tinha do mito. Já os comediógrafos não podiam se permitir qualquer descuido dessa ordem, sob pena de serem castigados pelas vaias. E isso se dá porque personagens e enredos são inventados e o espectador só pode saber aquilo que consta da peça. É exatamente por essa razão que Aristóteles considera a comédia mais universal que a tragédia, "porque os comediógrafos, compondo a fábula (*mýthos*) segundo a verossimilhança, atribuem depois aos personagens os nomes que lhes parecem e não fazem como os poetas jâmbicos que se referem a indivíduos particulares. Mas na tragédia mantêm-se os nomes já existentes" (*Poética*, 1451 b 11-15).

Esse fator, a ausência do mito e, portanto, a necessidade de inventar seu enredo (chamo atenção para o outro sentido da palavra grega *mýthos*, enredo, fábula), pode ajudar a compreender as diferenças entre tragédia e comédia, que, de outra parte, se aproximam muito, se valendo, por exemplo, de elementos comuns, como atores, coro, máscaras, cenários. Mas é preciso fazer certas ressalvas.

A observação de Aristóteles sobre os comediógrafos distinguirem-se dos poetas jâmbicos por não se referirem a indivíduos particulares não se aplica à comédia antiga ou aristofânica. Isso não significa que Aristófanes e seus colegas não tinham que criar personagens e situações diferentes a cada nova comédia, e toda a galeria de heróis aristofânicos está de prova: Diceópolis, Estrepsíades, Lisístrata, entre outros, exibem características próprias e ilustram bem o grau de diversidade que o autor imprimia a suas criações. Mas também se encontram nas suas comédias personalidades bem conhecidas dos atenienses, como o general Lâmaco (*Acarnenses*), o filósofo Sócrates (*Nuvens*) ou os tragediógrafos Agatão, Ésquilo e Eurípides (*Acarnenses, As tesmoforiantes, As rãs*).

Introdução

Isso só para ficar nos personagens, pois as menções a "indivíduos particulares", num claro espírito de invectiva, ultrapassam o milhar. Conclui-se disso que Aristóteles deveria ter em mente a comédia de Menandro, onde, de fato, é raríssimo esse tipo de alusão. Ou seja, sua observação não se aplica à comédia em geral.

Por outro lado, o fato de Antístenes empregar os nomes Cremes e Fedo, associados a escravos, para indicar os personagens cômicos em contraste com o Peleu ou Teucro trágicos, já indica uma certa tendência à tipificação. É irônico que haja nomes típicos da comédia, contraposta à tragédia como campo de livre criação. O poeta cômico compõe sem pretensão à originalidade (por sinal, uma aspiração quase inexistente na antiguidade), e, quando reclama para si essa condição, o faz em um lance de auto-ironia, como argumento retórico para persuadir os espectadores da sua superioridade sobre seus rivais.

O que se observa é que personagens e enredos são, em maior ou menor grau, previsíveis. Qualquer um é capaz de antecipar o final das comédias aristofânicas, já que é de rigor a vitória do herói cômico sobre seus opositores e a implementação bem-sucedida de seu plano. Isso para não falar dos enredos da comédia nova, que giram sempre em torno de desencontros entre amantes, pais e filhos, escravos e patrões, solucionados a contento no final.

Por último, é inegável que, embora não da mesma forma que a tragédia, a comédia antiga (e também a intermediária) incorporou o mito tradicional. Infelizmente não dispomos de nenhum exemplo dessa vertente, chamada de burlesco mitológico, entre as peças preservadas de Aristófanes. Mas, pelo que se conhece a partir de fragmentos e testemunhos, tendo a acreditar que se tratasse da paródia mitológica, não recebendo o mito, portanto, um tratamento diverso do dispensado à tragédia, à épica, ao discurso filosófico, historiográfico, jurídico, religioso etc. Polimórfica e onívora, a comédia se apropriava por imitação e citação deslocadas de tudo que a cercava, e não seria o mito que escaparia. Também é fato que, nas condições de que dispomos, não é fácil distinguir entre a paródia de um gênero literário centrado no mito tradicional, como a tragédia, e a paródia do próprio mito — o mesmo problema existe também na interpretação da arte figurativa e, em especial, da cerâmica, em que são poucos os exemplos em que se pode afirmar com certeza que se representa uma cena trágica e não um passo mitológico.

Cabe ainda notar que Aristófanes se vale do mito tradicional como ponto de partida para a criação de seus enredos. Assim acontece, por exemplo, nas *Aves*, em que o mito de Tereu, Procne e Filomela, transformados em pássaros pelos deuses, subjaz à concepção da cidade aérea e a Titanomaquia fornece o esquema para a estruturação do enredo, ou nas *Rãs*, em que a aventura de Héracles no Hades em busca de Cérbero inspira em Dioniso a decisão de trazer Eurípides do mundo dos mortos. Essa relação talvez seja a mais interessante, pois permite acompanhar um pouco do processo de composição do comediógrafo e da transformação do mito em ficção.

Em troca dessa relativa liberdade na criação dos enredos, o poeta cômico devia se conformar a uma estrutura formal bem definida. A comédia antiga, de uma forma geral, apresenta prólogo, párodo (entrada do coro), *agón* (debate entre dois personagens), parábase (discurso do coro dirigido aos espectadores, em seu próprio nome ou no do poeta), episódios pontuados por estásimos (cantos corais) e êxodo. Alguns desses elementos, como o *agón* e a parábase, subdividem-se em partes menores, cuja composição obedece a um rigoroso esquema métrico. Nas peças de

Introdução

Aristófanes, nem sempre essas seções surgem necessariamente na ordem enunciada e, por vezes, algumas delas podem ser duplicadas ou suprimidas, como é o caso da parábase. Isso atesta não só que um certo grau de flexibilidade era tolerado mas também que a transformação que o gênero sofreu ao longo do tempo foi constante.

A produção teatral era custeada pela cidade que, para isso, taxava os cidadãos mais ricos, encarregando-os de sustentar os ensaios dos coros. Um coro cômico era composto por vinte e quatro coreutas homens, independentemente da caracterização que teria. Ao contrário do coro, integrado por amadores sorteados a cada festival, os atores eram profissionais. A comédia empregava três deles, excepcionalmente quatro, também exclusivamente do sexo masculino, para representar todos os papéis imaginados pelo comediógrafo, tarefa facilitada pelo uso generalizado da máscara. O figurino típico se constituía de uma túnica curta que deixava à mostra um grosso falo de couro. Também se usavam enchimentos à altura da barriga e das nádegas.

Quanto ao cenário, restam poucas evidências. Como na época de Aristófanes o teatro de Dioniso se resumia a arquibancadas e a um estrado de madeira, erguidos somente por ocasião dos festivais, e como a comédia era encenada na seqüência de três tragédias e um drama satírico, a decoração de cena devia ser a mais simples possível. Ao fundo, uma ou duas portas representariam as casas e permitiriam a entrada dos atores, já que o coro utilizava a mesma entrada do público e permanecia na orquestra, um espaço circular entre o palco e a platéia. Encenadas à luz do dia, as peças dispensavam qualquer recurso de iluminação, mas os comediógrafos usavam com certa freqüência, e quase sempre com fins paródicos, dois equipamentos adotados pelos tragediógrafos: o enciclema e a máquina. O primeiro era uma plataforma rolante impulsionada através da porta de cena para revelar o interior de uma residência; a segunda, um guindaste que erguia nos ares personagens representando deuses, pássaros ou até mesmo filósofos, como é o caso de Sócrates em *Nuvens*.

II. Mulheres no palco e fora dele

Lisístrata e *As tesmoforiantes* foram apresentadas em 411 a.C. e muito provavelmente nas Lenéias e nas Grandes Dionísias, respectivamente. Não têm em comum só a data de encenação, mas também o tema. Ambas pertencem aos *dramata gynaikeion* ou peças que Aristófanes dedicou à exploração do universo feminino, categoria que comporta ainda *Assembléia de mulheres*, comédia composta onze anos mais tarde. A princípio, poderíamos supor que a temática feminina fosse o elo entre essas peças, e é verdade que nelas as mulheres têm papel preponderante. Mas o que as aproxima sobretudo é a presença de um coro feminino – no caso de *Lisístrata*, convivem dois semicoros, um feminino e um masculino. Se em *Lisístrata* é encenada a guerra entre os sexos, em *As tesmoforiantes* ela fica em segundo plano, ofuscada pela disputa entre os gêneros literários, comédia e tragédia. Há, portanto, diferenças de enfoque entre elas.

Lisístrata, no entanto, traz uma grande novidade. Ao contrário da tragédia, em que são freqüentes as heroínas protagonistas, muitas das quais dando seu nome à obra – *Electra* e *Antígone*, em Sófocles; *Medéia*, *Hécuba*, *Helena*, *Andrômaca*, em Eurípides –, os papéis femininos na comédia estavam restritos às poucas falas das filhas ou esposas do herói (*Acarnenses*, *Paz*, *Pluto*), das comerciantes logradas (*Vespas*, *Rãs*) ou de divindades (*Paz*, *Aves*), além, é claro, à presença das flautistas e dançarinas, personagens mudas. Atesta-se pela primeira vez em *Lisístrata* uma heroína cômica, o que mais tarde só se repetirá com Praxágora em *Assembléia de mulheres* – como nosso conhecimento da comédia antiga é lacunar, pode bem ter havido precedentes que não temos condições de estabelecer. Parece-me então que com *Lisístrata* a comédia está dando sua resposta à tragédia, que costuma mostrar as mulheres desempenhando funções masculinas ou fazer delas um canal de contestação das decisões da cidade, sempre a cargo dos homens, e muitas vezes vistas em desacordo com as leis divinas.

Esse destaque das personagens femininas na tragédia já foi alvo de muita discussão, sobretudo porque não corresponde à situação histórica da mulher na Grécia e muito especialmente em Atenas. É conhecida a reclusão da ateniense, que, como atestam diversas passagens de *As tesmoforiantes*, era mantida nos limites da casa e sob vigilância quando saía à rua, sempre acompanhada por um escravo de confiança. Naturalmente esse quadro não se aplica às mulheres das classes populares, que ajudavam no serviço do campo ou trabalhavam nas cidades, como comerciantes de alimentos, flores ou perfumes. Essa restrição imposta às mulheres de boa família tinha a finalidade de garantir a legitimidade da prole. Embora desempenhassem papel essencial na transmissão da cidadania, uma vez que somente eram considerados atenienses os filhos de cidadãos com filhas de cidadãos, as mulheres não tinham voz nas assembléias e eram excluídas de grande parte dos cultos cívicos – especula-se inclusive que não comparecessem às representações dramáticas. Talvez o maior exemplo da condição feminina na Grécia tenha sido dado por Péricles no discurso fúnebre que lhe foi atribuído por Tucídides. O líder democrata afirma que o maior elogio que se pode fazer a uma mulher é nada ter a dizer sobre ela. Ou seja, a virtude da mulher reside no seu anonimato, no fato de ter passado uma vida em branco, sem ter chamado atenção por seus atos ou palavras. Deve-se acrescentar a isso a maternidade, fator que por si só explica o êxito da greve sexual levada a cabo pelas esposas em *Lisístrata*. Se os homens tinham outras alternativas para saciar seu desejo, recorrendo aos préstimos de cortesãs, escravas ou rapazes, as filhas de cidadãos eram a única possibilidade de se obter herdeiros legítimos.

Diante desse quadro de submissão, chama a atenção o papel predominante que a mulher assumiu na poesia, e muito especialmente no drama. Até certo ponto, esse papel é herdado do mito, alimento da tragédia. Embora os pesquisadores de orientação feminista defendam que o mito é evidência de um passado distante em que as mulheres teriam mais influência na sociedade do que no período clássico, e os freudianos o vejam como resultado de projeções psíquicas voltadas para um acerto de contas com a mãe, creio que uma forma mais interessante de se investigar essa questão é pensar a construção da imagem feminina como fator determinante para a formação da identidade masculina. À parte as oposições entre divino e humano, grego e bárbaro, as diferenças de gênero são de grande relevância para que o grego formasse uma idéia de si.

No âmbito sexual, dois aspectos ocupam o primeiro plano. Em primeiro lugar, a associação da mulher com a natureza e, portanto, com o selvagem, enquanto o homem é o elemento civilizador, o representante da cultura. Isso fica muito evidente, por exemplo, na figura das mênades, seguidoras de Dioniso que deixam a cidade e suas regras para praticar os ritos orgiásticos do deus na floresta, brincando com animais selvagens e alimentando-se de alimentos

Introdução

crus, e muito especialmente da carne. Como mostra Eurípides em *As bacantes*, mais do que os homens, as mulheres são suscetíveis ao apelo do deus e da vida natural que seu culto propõe.

Caracteriza ainda a mulher a ligação com a esfera privada, em contraste com a exposição pública masculina. Se ao homem compete administrar a cidade, participando de assembléias e tribunais, a mulher deve cuidar da casa, zelar pelos bens comuns, organizar o trabalho doméstico e criar os filhos. Como a casa se insere na cidade, está submetida aos seus interesses, mas nem sempre eles refletem as suas necessidades. É justamente a desarmonia entre esses planos que gera tensões entre homens e mulheres, guardiões de cada uma dessas esferas. A tragédia tematiza esses momentos de crise, em que as mulheres são forçadas a vir a público em busca de uma solução reparadora. É o que acontece, por exemplo, em *Antígone*, em que a heroína homônima prefere cumprir a lei doméstica, sepultando seu irmão, a despeito da existência de um decreto da cidade que o proibia. Um outro fator que leva a mulher a agir fora dos limites do *oîkos* é quando ela o percebe ameaçado, como se verifica em *Medéia*, em que a heroína, ao ver-se rejeitada por Jasão, volta-se contra sua própria prole, destruindo o que lhe competia velar, mas também contra a do rei de Corinto, matando-lhe a filha e rival e privando a cidade de um governante legítimo.

As tesmoforiantes e *Lisístrata* mostram as duas faces dessa relação. Na primeira, as mulheres reunidas para a celebração das Tesmofórias, uma das únicas oportunidades que tinham de escapar da rotina da casa e da vigilância masculina, julgam Eurípides culpado pelos desentendimentos domésticos ao revelar os vícios femininos em suas tragédias. O problema é que a reputação das mulheres está comprometida pela divulgação pública de seus hábitos privados, o que compromete o relacionamento entre pais e filhas, entre maridos e esposas. Isso as leva a agir, constituindo um tribunal e condenando à morte seu inimigo. Na segunda, a política belicista masculina é vista como uma ameaça ao *oîkos*, do qual compete às mulheres cuidar. Com a guerra, os maridos permanecem longos períodos fora do lar, nas expedições militares, enquanto as mulheres envelhecem sozinhas em casa; os filhos são criados para morrer na frente de batalha; as reservas domésticas são consumidas sem serem repostas. Esse quadro de estagnação leva Lisístrata a liderar as mulheres em uma greve de sexo, com o intuito de forçar os homens a selar as tréguas e restabelecer, assim, a harmonia do lar.

Nos dois casos, os enredos são fantásticos, pois do contrário não haveria motivo de riso para a audiência masculina da comédia. Apesar disso, como em muitas tragédias de seu tempo, Aristófanes explora a tensão entre o papel social de homens e mulheres de forma que o cidadão ateniense possa compor melhor uma imagem de si mesmo.

III. *Lisístrata*: fantasia e política

A recepção de *Lisístrata* no século XX é das mais curiosas e contribuiu para que essa se tornasse uma das comédias de Aristófanes mais encenadas e traduzidas na atualidade. Num século que presenciou duas guerras mundiais, o nascimento de movimentos operários e sociais que adotavam como estratégia greves e ocupação de edifícios, as conquistas de organizações de defesa dos direitos das mulheres, a liberação dos costumes graças à popularização dos métodos anticoncepcionais, a peça de Aristófanes

Introdução

foi lida ora como um libelo pacifista, ora como precursora do feminismo. Seu erotismo escancarado a levou aos cabarés, como atestam as inúmeras adaptações guardadas no arquivo da Biblioteca Nacional Francesa, e às estantes de obras pornográficas das livrarias, estigma do qual só haveria de se livrar na década de 60, quando se tornou a mais perfeita expressão da ideologia do "faça amor, não faça a guerra"[4]. No entanto, a obscenidade, que foi responsável pela popularidade recente da obra, quase lhe custou a preservação. Ao contrário de outras comédias de Aristófanes, copiadas em dezenas de manuscritos, *Lisístrata* chegou inteira até os dias de hoje graças a uma única fonte, o manuscrito Ravennas 429, datado de 950[5]. Nada mais natural, já que seu tema não deveria contar com a aprovação dos monges, principais guardiões dos textos clássicos até o Renascimento.

Quando voltamos ao seu contexto original, a Atenas do século V a.C., percebemos claramente o caráter clássico da obra. A principal característica do clássico é ser sempre significativo, tornando-se relevante para cada nova geração de leitores que se identificam com as questões por ele apresentadas. Como foi visto antes, as atenienses estavam entre as mulheres mais oprimidas da Grécia; mantidas reclusas, não freqüentavam nem a assembléia nem o teatro. A graça da comédia está justamente na promoção desse revés carnavalesco que faz, das fracas e subjugadas mulheres, poderosas por um dia. Para o cidadão ateniense, seria mais fácil acreditar que os pássaros pudessem dominar o

---

[4] A peça ainda hoje é lida por essa chave, como atesta uma matéria publicada recentemente pelo *Le Monde* (1.4.2003). Como forma de protestar contra a guerra movida pelos Estados Unidos contra o Iraque, várias companhias teatrais francesas organizaram uma *Jornada Lisístrata*, em que a peça foi encenada simultaneamente em vários lugares do mundo, sempre em contexto pacifista.

[5] Outro manuscrito (Monacensis Gr. 492) contém a versão integral da *Lisístrata*, mas, além de ser uma cópia fiel do Ravennas, data do século XV, antecedendo em pouco a publicação da peça, em 1516.

universo, como sugere o enredo de outra comédia aristofânica, as *Aves*, do que suas esposas, mães e filhas pudessem ditar a política da cidade.

A primeira personagem feminina de destaque na comédia não foi composta à imagem e semelhança da mulher comum, a começar do título, *Lisístrata*. Trata-se de uma referência à sacerdotisa de Atena Pólia na época em que a peça foi produzida, Lisímaca, cuja autoridade e prestígio advinham de ser a representante da deusa padroeira da cidade. Os dois nomes são quase sinônimos, um significando Dissolvetropa (Lisístrata), o outro Dissolveluta (Lisímaca), ou seja, são ambos adequados a uma heroína que tem como proposta o fim da guerra. O plano de Lisístrata prevê a ocupação da acrópole, residência da sacerdotisa, onde se manifesta sua liderança sobre as demais mulheres. Além disso, ao contrário do que acontece com as suas companheiras, não são mencionados o marido ou os filhos de Lisístrata, o que lhe confere uma certa aura de castidade, em meio à lascívia feminina, e a aproxima da própria Palas Atena.

Seu poder, contudo, está longe de ser sobrenatural. Como ela mesma revela, sua liderança se apóia em seu bom senso e em sua habilidade com as palavras, herdada dos discursos que ouvira seu pai pronunciar um dia (cf. vv. 1125-1127). Esses traços são bem pouco femininos e, em parte, se devem à paródia da heroína trágica euripidiana. Como nos revelam as próprias citações, Lisístrata é concebida no molde de uma Melanipe, personagem de uma tragédia perdida de Eurípides que ousa proclamar-se em pé de igualdade intelectual com os homens, para grande escândalo da época. Ao tragediógrafo interessava testar as teses dos sofistas de que a mulher e o homem eram essencialmente iguais, sendo as convenções sociais, e não a natureza, responsáveis pelas diferenças entre os sexos. Essa possibilidade é considerada subversiva pelo coro de velhos, que na parábase exprime o temor de que as mulheres passem a atuar em áreas tipicamente masculinas, ameaçando seu predomínio nelas (vv. 626-630 e 672-679). Lisístrata, portanto, foi criada à imagem das mulheres que povoam as tragédias. Mesmo que Eurípides não seja tão onipresente aqui quanto o é em *As tesmoforiantes*, é com ele que Aristófanes dialoga. Aliás, alguns dos estereótipos misóginos, freqüentes na caracterização literária do sexo, encontram abrigo aqui. Em *Lisístrata*, as mulheres têm uma franca queda pela bebida (vv. 195-198), e sua incontinência sexual é evidente na relutância em aceitar a abstinência proposta por sua líder e nas várias tentativas de furar a greve (vv. 715-780).

A convenção dramática de que apenas homens deviam atuar nos teatros atenienses é outro elemento metateatral explorado pelo comediógrafo. Nem os leitores nem as encenações contemporâneas costumam levar isso em conta, e realmente não se deve exigir dos diretores que façam uma arqueologia cênica, mas esse dado muda totalmente a perspectiva da obra. Ora, a comédia antiga é essencialmente falocêntrica[6], o que é evidente ao se considerar a segunda metade da *Lisístrata* com seu desfile de membros eretos, mas no seu prólogo são os atributos femininos que chamam a atenção. A nudez explícita ou velada de algumas personagens sugere o uso de acessórios que imitem os órgãos genitais externos femininos (vv. 87-89), quando o adereço costumeiro da comédia era o falo de couro que exibiam os atores.

---

[6] Na *Poética*, Aristóteles situa a origem do gênero nas falóforias, procissões em honra ao falo. Por mais especulativa que possa ser essa afirmação, é uma forma de constatar o vínculo da comédia com os rituais de fertilidade agrários, incorporados às festas de Dioniso. Para Carl Kerény (2002: 289), "a comédia nasceu com Dioniso na luz crescente, feito ocasião e produto máximo do desenfreio masculino. O elemento fálico estava tão-só na raiz desse descomedimento".

Lampito, um duplo de Lisístrata em Esparta, e suas aliadas são elogiadas pelas atenienses por sua forma física (vv. 79-92) de um modo que poderia evocar lesbianismo ao leitor de hoje. Essa passagem, no entanto, revela-se no seu contexto uma poderosa fonte de humor, afinal as mulheres em cena são homens fingindo ser mulheres, e o público ateniense tinha consciência disso. Assim, no enaltecimento da beleza espartana, subjaz o desejo masculino. Por outro lado, Lampito não é uma mulher mas um travesti, e os elogios evidenciam essa situação. Nada mais de acordo com o espírito carnavalesco do gênero. Ao compor uma comédia sobre mulheres, Aristófanes descobre um novo filão de riso na possibilidade de denunciar a convenção dramática, coisa impensável na tragédia. De fato, ele vai levar esse processo às últimas conseqüências em *As tesmoforiantes*, em que o parente de Eurípides vai se travestir em cena, e em *Assembléia de mulheres*, em que as mulheres, representadas por atores, se disfarçam de homens para votar a passagem do governo ao sexo feminino.

A greve proposta por Lisístrata é conjugal, e isso quer dizer que ela concerne apenas às esposas, o que aproxima essas mulheres do grupo que em *As tesmoforiantes* está reunido no templo de Deméter e sua filha Perséfone para a celebração das Tesmofórias. A fertilidade da terra, dos animais e das mulheres é o que almejam as atenienses que uma vez por ano recebem licença de seus maridos para acampar no Tesmofórion realizando ritos interditos aos homens. Em *Lisístrata*, os objetivos são os mesmos, pois a guerra é vista como a principal causa de esterilidade para a cidade: não se pode arar o campo, pois as incursões dos inimigos mantêm os camponeses nos limites das muralhas, e a ausência dos maridos impede a procriação. A revolta de Lisístrata deve, portanto, ser entendida dentro da competência religiosa feminina,

Introdução

e é por isso que o papel ritual da mulher será enfatizado na parábase (vv. 640-647). A diferença é que o movimento se dá fora do calendário religioso: trata-se de Tesmofórias profanas, na medida em que é possível dizer isso.

O fato de a greve estar restrita às esposas é o que a torna eficaz, pois, como foi visto antes, a elas compete a transmissão da cidadania. Os maridos podem se satisfazer sexualmente com outros parceiros, mas esses relacionamentos não proporcionariam herdeiros legítimos. Aí reside o poder das mulheres, que, para preservar seus casamentos, tornam-se novamente virgens em teoria, interditas portanto, e voltam a freqüentar a acrópole, morada da deusa casta.

Visto desse ângulo, o pacifismo da peça assume sua real dimensão. Por uma questão ideológica, a comédia busca a paz enquanto promotora dessa fertilidade que lhe cabe celebrar. Nesse sentido, a paz torna-se sinônimo de abundância e de festa, fatores ligados ao gênero desde a sua origem. Não se trata de uma recusa da guerra por imoral, causadora de violência ou coisa que o valha. A principal objeção que se faz a ela é a esterilidade que ela espalha. Considerar a peça pacifista sem fazer qualquer ressalva é incorrer em anacronismo, já que a idéia mesma de pacifismo se alterou com o passar do tempo.

No que concerne à articulação do enredo, dois eixos principais convivem na comédia. Por um lado, a idéia da greve de sexo, proposta por Lisístrata no prólogo, e que tem um alcance pan-helênico, já que mulheres de outras cidades aderem a ela. Por outro, a ocupação da acrópole para impedir o acesso dos homens ao tesouro público, deixando-os sem recursos para financiar a guerra. De certa forma, essa segunda estratégia, que se aplica somente ao caso ateniense, parece ter em vista os homens imunes ao apelo da greve, especialmente os mais idosos, identificados com os componentes do semicoro masculino, que estão velhos demais tanto para procriar quanto para lutar, mas que dão a sua contribuição na administração da cidade.

O delegado, ou Próbulo, uma espécie de conselheiro público para assuntos administrativos, é também um representante desse grupo, cabendo a ele debater com Lisístrata. O cargo era recente, tendo sido criado para tentar evitar que se repetissem fracassos como o da então recente expedição à Sicília. Imbuído da autoridade de sua função e secundado por um bando de arqueiros Citas, que faziam as vezes de polícia, o delegado tenta desalojar as mulheres primeiro pela força e depois pela palavra. Os dois modos se provam ineficazes. As mulheres reunidas na acrópole dão uma surra nos Citas e Lisístrata expõe, com uma lógica implacável, os malefícios da guerra da perspectiva feminina: um conflito motivado pela ambição, mas que tem como custo vidas, tanto dos que caem no campo de batalha, quanto das que envelhecem sem ter efetivamente vivido. A sugestão de Lisístrata é que se adote para a gestão pública o modelo doméstico. A cidade é vista como uma casa expandida, de forma que, se as mulheres controlam o orçamento desta, também poderiam fazê-lo daquela. Os conflitos políticos seriam solucionados seguindo-se a receita da preparação dos fios e da trama da lã (vv. 568-586), que consiste basicamente em desembaraçar, assentar e reunir. Mas estas medidas não devem ser levadas a cabo pelas mulheres, e Lisístrata inverte momentaneamente os papéis ao aconselhar o conselheiro. A situação é de exceção e, uma vez superadas as dificuldades que as levaram a agir, as mulheres voltarão para dentro de suas casas, retomando o papel que a sociedade tradicionalmente lhes atribui.

Introdução

Não só da situação atual da cidade se alimenta a comédia. A ação das mulheres é causa de perplexidade para os homens, que se valem de duas chaves distintas, uma mítica e outra histórica, para interpretá-la. A ocupação da acrópole pelas mulheres evoca tanto a lendária campanha das Amazonas contra Atenas, quanto os últimos momentos da tirania de Hípias, que também buscou na cidadela refúgio contra seus adversários.

As Amazonas, tribo de mulheres guerreiras que desprezavam os homens, a não ser como reprodutores, teriam invadido Atenas para vingar o rapto de uma delas por Teseu, o herói ateniense. Acamparam no Areópago, planejando tomar de assalto a acrópole, mas foram derrotadas por tropas a comando do herói. Esse mito era definidor da identidade ateniense, uma vez que lidava com algumas categorias marcantes como a sexual (masculino x feminino), a étnica (grego e, sobretudo, ateniense x bárbaro), a dimensão heróica (Teseu x Héracles). Por confirmar a superioridade do homem ateniense e do seu herói nacional, o mito tornou-se muito popular na cidade, tema recorrente na arte cerâmica e presente na decoração de importantes prédios públicos, como o Partenon, o Teseion e a Stoa Poikile; um desses últimos abrigaria o afresco de Micon mencionado na peça (vv. 678-679).

O comportamento belicoso das esposas, assim como a recusa ao sexo, as equipara às lendárias guerreiras que um dia ousaram marchar contra Atenas. Para os velhos do coro, os homens deveriam reagir à altura, combatendo e castigando de forma exemplar todas elas, a fim de eliminar o perigo que representam ao seu modo de vida.

Também um episódio da história ateniense é associado pelo coro ao comportamento feminino: a derrubada de Hípias, o último dos tiranos de Atenas. Embora a queda da tirania remontasse cem anos, os atenienses jamais deixaram de expressar o temor de que ela voltasse a ser instituída. No ano em questão, 411 a.C., o cenário político justificava toda a apreensão. *Lisístrata* é encenada na antevéspera de um golpe oligárquico que extinguiu o regime democrático e colocou o governo da cidade nas mãos de apenas quatrocentos cidadãos. No centro de ambas as operações, a deposição de Hípias e a dissolução da democracia, estava uma das famílias mais influentes de Atenas, os Alcmeônidas, que conta entre seus membros mais ilustres com Clístenes, Péricles e Alcibíades. Mas, se Clístenes articulou o fim da tirania conquistando o apoio dos espartanos, Alcibíades, no momento em que *Lisístrata* era encenada, tramava para dar-lhe um fim. Talvez por essa razão o coro prefira exaltar a atuação dos tiranicidas Harmódio e Aristogíton no episódio de cem anos atrás e adote um tom ambíguo ao comentar a atuação dos Alcmeônidas — por exemplo, assimilando o Clístenes Alcmeônida a um notório afeminado contemporâneo ou referindo-se ao cerco de Lipsídrion, em que tropas atenienses conduzidas por Clístenes foram derrotadas pelo tirano e seus aliados (vv. 614-635; 667-669).

Harmódio e Aristogíton, por motivos pessoais ou políticos, planejaram a morte do tirano e seu irmão Hiparco durante as Panatenéias, festas anuais que a cidade promovia em honra de sua padroeira, Palas Atena. Investiram contra eles com o punhal escondido nos ramos de mirto (v. 632), que eram usualmente levados na procissão, mas apenas Hiparco morreu. Em decorrência do ataque, os dois executores foram mortos e houve um recrudescimento da tirania, o que acabou por gerar insatisfação das famílias aristocráticas. Anos depois, Hípias viu-se obrigado a buscar refúgio na Acrópole, de onde foi expulso por Clístenes e seus aliados espartanos. Esses mesmos espartanos, liderados por seu rei, Cleomenes, voltaram a ocupar a colina sagrada na tentativa de implantar um regime oligárquico, e também foram postos para fora pela população após um cerco de cinco dias (vv. 274-280). Depois de instituída a democracia, os tiranicidas tornaram-se heróis nacionais e tiveram estátuas suas erigidas na ágora.

O coro elege a estátua de Aristogíton como seu ponto de referência, ao fincar pé na ágora para contrapor-se às mulheres sediadas na acrópole (v. 633). Da sua perspectiva, baseada na experiência histórica, elas são ora agentes da tirania, ora da oligarquia, a favor do que depõe a sua aliança com Esparta. Ao se identificar com o mais velho dos tiranicidas, o coro se arvora em campeão da democracia e, ao mesmo tempo, dá sua resposta à greve sexual, já que seu herói foi protagonista de uma relação passional em que as mulheres estavam excluídas.

As alusões sexuais não param por aí. Tirania de Hípias é uma expressão usada para designar a posição sexual em que a mulher se põe sobre o homem e o conduz como o cavaleiro ao cavalo – *híppos*, cavalo, é metáfora para o pênis, e cavalgada, para o ato sexual. Volta-se a mencionar a mesma posição quando o coro elogia o talento para montaria das Amazonas, que nunca caem do cavalo (vv. 676-677). Para os velhos do coro, ao tomar o ponto mais alto da cidade (acrópole = cidade alta), as mulheres teriam a ambição de dar as cartas também na cama, subvertendo o padrão aceito de relacionamento conjugal.

A cena de sedução protagonizada por Vulverina e Trepásio parece justificar os temores dos velhos. É a mulher que detém o controle da situação, fazendo do homem um joguete e escapando na hora H. Embora frustrada a reunião amorosa, o encontro do casal abre caminho para o entendimento final, já que o marido reconhece, antes do coro, que não se pode viver "nem com as pestes, nem sem elas" (v. 1039). Se a reconciliação entre os sexos requer o acordo de paz entre as cidades, então este se torna inevitável e é celebrado por Lisístrata, mais do que nunca investida de um poder sacerdotal (v. 1108-1111), mas agora a serviço de Afrodite. Como de hábito, a comédia termina com a celebração da vida, a comunhão entre os homens... e as mulheres.

Por fim, uma curiosidade. Em um discurso na Câmara dos Deputados, em setembro de 1968, o deputado Marcio Moreira Alves denunciou a tortura no exército e conclamou a população a um boicote às celebrações da Semana da Pátria. Inspirado na *Lisístrata*, a cuja encenação assistira recentemente, convocou também "as moças, namoradas, aquelas que dançam com os cadetes e freqüentam os jovens oficiais" a aderir a esses protestos [7]. Ofendidos, os militares pediram licença à Câmara para processar o parlamentar e, quando a tiveram negada, usaram o fato como pretexto para a promulgação do AI-5. O Ato Institucional determinou o fechamento do Congresso, cassações políticas sumárias, censura, restrições à liberdade de reunião, entre outras conseqüências funestas. Quem diria que havia um dedo de Lisístrata no "endurecimento" da ditadura brasileira? Apesar de toda a sua clarividência, Lisístrata jamais poderia imaginar o alcance de suas idéias em terras brasileiras.

IV. *AS TESMOFORIANTES*: GÊNEROS BIOLÓGICOS E DRAMÁTICOS

No mesmo ano, Aristófanes traz novamente as mulheres à cena em *As tesmoforiantes*. A ação da peça transcorre durante a

---

[7] O trecho do discurso foi citado a partir de Elio Gaspari (2002: 315-316).

celebração das Tesmofórias, festival dedicado a Deméter e Perséfone, deusas da fertilidade especialmente cultuadas entre as mulheres. A participação nessas festas representava o coroamento da vida cívico-religiosa feminina, iniciada aos sete anos com os cultos a Atena, conforme a descrição da parábase de *Lisístrata* (vv. 641-647). Mas ao contrário do que ocorria com Palas, cujo serviço só empregava jovens virgens, os ritos das duas deusas cabem apenas às mulheres casadas.

Com anuência dos maridos, as esposas deixavam suas casas e se recolhiam ao Tesmofórion durante três dias. Tanto a presença masculina, quanto a divulgação do caráter dos cultos ali praticados eram expressamente vedadas, mas é quase certo que essa reunião visava a assegurar a continuidade e a renovação da vida. Nesse sentido, é paradoxal que uma cerimônia voltada para a perpetuação da família implique momentaneamente a sua dissolução, "a separação entre os sexos, e a constituição de uma sociedade de mulheres", que "uma vez por ano, ao menos, demonstravam a sua independência, sua responsabilidade e importância para a fertilidade da comunidade e da terra"[8]. Visto por esse lado, *As tesmoforiantes* tem muito em comum com *Lisístrata*, embora o segregacionismo aqui seja abonado pela sociedade e não seja encarado como uma ameaça a sua organização.

É nesse cenário que Aristófanes imagina a conspiração das mulheres contra Eurípides, acusado de mover-lhes uma perseguição incessante em suas tragédias. O assunto dessa comédia parece ter sido antecipado em duas passagens da *Lisístrata*, nas quais o tragediógrafo é mencionado pelos velhos do coro como inimigo das mulheres (v. 283) e o "mais sábio dos poetas" por ter

---

[8] Citação de Burkert (1990: 245).

declarado que "nenhuma criatura é mais desavergonhada" (vv. 368-369, comparar com vv. 531-532 de *As tesmoforiantes*).

Ao contrário do que se poderia supor, a indignação feminina não provém do fato de se sentirem caluniadas pelo poeta, mas da denúncia pública de seus vícios. O que está em jogo é a reputação feminina, pois o que perturba as mulheres é a impossibilidade de continuar a praticar seus delitos domésticos, dada a suspeita que as tragédias de Eurípides provocam nos seus maridos (vv. 395-400). São citados como exemplos heroínas polêmicas criadas pelo poeta, como Fedra, que tenta seduzir seu enteado Hipólito, personagem que dá título à tragédia, e Estenebéia, que se apaixona por Belerofonte, hóspede de seu marido.

Para escapar à punição, Eurípides tenta primeiro obter a ajuda do tragediógrafo Agatão, como ele, hábil nas palavras, mas dono de uma aparência delicada, o que permitiria seu ingresso, travestido, no Tesmofórion. Com a recusa do colega, convence um parente seu, Mnesíloco, a disfarçar-se de mulher e defendê-lo junto às tesmoforiantes. A falta de tato do parente, cuja linha de defesa consiste no ataque – ele argumenta que Eurípides não contou um décimo das patifarias femininas (vv. 473-475) e que, se agiu dessa maneira, é porque não há nenhuma Penélope numa cidade infestada por Fedras (vv. 549-550) –, só faz aumentar a raiva das mulheres.

Avisadas por Clístenes, cujos trejeitos afeminados lhe franqueiam o ingresso no Tesmóforion (cf. *Lisístrata*, v. 621), de que havia um espião entre elas, as mulheres desconfiam imediatamente do parente e o tornam prisioneiro. Com isso, arma-se a situação que permitirá a paródia de uma série de tragédias euripidianas, notadamente *Télefo*, *Palamedes*, *Helena* e *Andrômeda*, em que Eurípides e o parente assumirão os papéis mais variados.

Introdução

Nesse apanhado de enredo nota-se uma constante, a de que nessa peça nada é o que parece ser. Homens evocam mulheres, castas donas de casa escondem verdadeiros poços de luxúria, bebês revelam-se odres de vinho, poetas tornam-se personagens. Ou seja, o que está em discussão são os limites da percepção. No prólogo, Eurípides tenta convencer seu parente de que não é preciso ouvir sobre o que se está prestes a ver, tampouco é preciso enxergar aquilo sobre o que já se escutou, dado que a natureza de cada uma dessas ações é diversa. Visão e audição são justamente os sentidos empregados na fruição da performance dramática. O espectador então é levado a crer que a construção da ilusão se faz ora pelo que é dito, ora pelo que é visto, de forma autônoma. Ao longo da comédia essa tese vai ser testada.

A natureza metateatral da obra é evidente já pela inclusão, como personagens, de dois tragediógrafos, Eurípides e Agatão – ele também é retratado no *Banquete* de Platão. O primeiro era então um autor consagrado que contava com mais de quarenta anos de experiência; o outro, um estreante cuja primeira vitória remontava a cinco anos, mas ambos estavam próximos pelas inovações que introduziram na tragédia grega. A Eurípides se atribui o abandono do estilo grandiloqüente de seus antecessores e o rebaixamento do herói mítico do pedestal que sempre ocupou, fazendo com que se comportasse à maneira do homem comum. Uma geração depois, Agatão radicalizou os experimentos de Eurípides ao compor uma peça sem se valer do mito, mas com personagens e enredo inventados, ou ao criar cantos corais, os *embolima*, sem vínculo temático com o contexto trágico.

Essa não é a primeira vez, e nem será a última, em que Eurípides vira personagem nas mãos de Aristófanes. Quatorze anos antes, o comediógrafo retratou o poeta trágico no prólogo dos

Acarnenses (vv. 393-489), vivendo uma situação análoga à de Agatão em *As tesmoforiantes*. O herói cômico, Diceópolis, perseguido pelo coro dos carvoeiros acarnenses devido à conclusão de um acordo de paz privado com os espartanos, vai à casa de Eurípides em busca de ajuda. Ele quer que o tragediógrafo lhe ceda alguma de suas criações e o figurino correspondente para melhor impressionar seus oponentes, inspirando-lhes a piedade. Sua escolha recai sobre o rei músio Télefo, herói da tragédia homônima, que precisava entrar incógnito no acampamento militar grego em busca de Aquiles, única pessoa capaz de curar sua ferida, justamente por tê-la infringido. Cobre-se então de farrapos, assumindo uma aparência miserável acentuada pela ferida que o faz manquejar.

Enquanto completa sua caracterização como herói trágico, Diceópolis expõe os artifícios da criação euripidiana. Assim como Agatão, o poeta trágico é precedido por seu criado, cujo estilo elevado ecoa o do patrão. A linguagem de servos e senhores é indistinta no mundo de Eurípides. Quando este surge, faz uma entrada literalmente dramática porta afora sob a plataforma rolante, o enciclema, usado no teatro grego para revelar o interior de uma residência. Cercado por adereços e figurinos de todo tipo, o tragediógrafo está deitado em um divã, maltrapilho como um de seus heróis mendigos, com as pernas para o alto, como se não pudesse apoiá-las no solo, à maneira de seus mancos. Por essa caricatura fica evidente que sua arte se baseia na imitação, é preciso parecer para poder criar a ilusão. Também transparece na sua postura a tentativa de se libertar dos assuntos terrenos e alcançar o alto, o elevado.

Em *As tesmoforiantes* essa cena é revisitada, só que agora é Eurípides quem vai buscar socorro em casa de um colega, Agatão.

Introdução

Isso não significa que suas idéias tenham se esgotado, longe disso (cf. vv. 87-92). As diretrizes de um novo drama estão prontas em sua cabeça, mas falta-lhe o ator principal. É à sua procura que ele vai à casa de Agatão, a quem cabia como uma luva o papel da jovem esposa que toma a palavra no Tesmofórion para defender o tragediógrafo acusado de misoginia. Agatão era jovem, imberbe, tinha traços finos, tez pálida, maneiras afeminadas e a língua afiada, poderia facilmente se fazer passar por mulher e entrar despercebido no templo de Deméter e Perséfone.

A entrada de Agatão em cena também é precedida pela aparição de seu criado, que, num discurso afetado, oferece um sacrifício às Musas, indicando que seu patrão está em plena atividade criativa. Curiosamente, na seqüência, equipara a tarefa do poeta à do artesão, especialmente à do construtor de navios, do carpinteiro e do fundidor de metais (vv. 52-57). A visão da poesia inspirada convive com a da técnico-mimética. Mas é essa última que prevalecerá com a chegada de Agatão, também sobre o enciclema, em vestes femininas, pois estivera compondo para um coro de jovens troianas. Entre seus adereços, objetos tipicamente masculinos como o frasco de óleo e a espada, outros, como o espelho e o corpete, femininos. Diante da reação de espanto do parente de Eurípides com sua androginia, o poeta alega que ao criar deve-se imitar o objeto que se deseja representar. Caso os atributos desejados não sejam dados por natureza, cabe ao tragediógrafo reproduzi-los para melhor realizá-los em sua obra. Por isso, Agatão mimetiza características femininas ao compor para um grupo de moças.

Bem mais evidente é a atuação da mimese no momento da representação, quando o ator deve se conformar ao papel. Em *As tesmoforiantes*, isso fica bem caracterizado. Primeiro, ainda no prólogo, o parente de Eurípides é transformado no mais novo personagem do tragediógrafo. Com a recusa de Agatão de atuar em favor do colega, o parente oferece-se como voluntário, cabendo-lhe executar o papel que Eurípides lhe atribuir. "Faça comigo o que quiser", diz ele. Sua transformação em mulher se dá à vista de todos, no palco. Barbeado, depilação, figurino e, por fim, as recomendações do criador à criatura (vv. 266-268):

> O nosso homem aqui é também mulher,
> ao menos na aparência. Se falar, trate de
> ser bem mulher na voz e na persuasão.

Trata-se do diretor ensaiando seu ator para, como era regra, representar um papel feminino e tudo isso diante do público. De fato, daí por diante, a carreira de ator do parente decola e ele passa a encarnar uma série de heróis euripidianos, como Télefo, Éax (*Palamedes*), Helena e Andrômeda. Comum entre eles é a situação do prisioneiro ameaçado em busca da salvação, exatamente a mesma vivida pelo parente após seu desmascaramento no Tesmofórion. Através dessas paródias, Aristófanes, ao mesmo tempo que constrói uma movimentada peça de ação, denuncia o uso indiscriminado por parte de Eurípides do esquema risco-salvação, antitrágico, pois gera um pico de tensão para, em seguida, diluí-la, suscitando mais alívio do que terror. Essas tragédias, especialmente *Helena* e *Andrômeda*, com sua intriga amorosa de final feliz, tocam a fronteira da comédia.

Em *Télefo* e, principalmente, na *Helena*, o estatuto da percepção também está em questão. Na primeira, um rei se faz passar por mendigo, ocultando sua identidade. Na segunda, descobre-se que a heroína de Homero, por imposição dos deuses, esteve durante todo o período da guerra troiana no Egito, enquanto os exércitos gregos lutavam por um fantasma. Um atônito Menelau depara com a mulher e num primeiro instante a toma por uma ilusão, já que ele próprio a escondera em uma caverna ao desembarcar. Mais tarde reconhece na estrangeira sua esposa e sabe que ela se mantivera casta por todos esses anos. Esse desfecho, porém, não garante a mudança do juízo geral que se faz da heroína, marcada para sempre pela reputação criada pelo seu duplo em Tróia.

Em *As tesmoforiantes*, retoma-se a cena do reconhecimento entre Helena e Menelau, representados pelo parente e por Eurípides, respectivamente. Embora Aristófanes deixe de lado o motivo do duplo de Helena, explorando antes a potencialização da tensão emotiva que envolve o reencontro do casal, a questão da confiabilidade dos sentidos para captar a realidade subjaz à cena. A estrangeira é semelhante a Helena e afirma ser ela, mas é ela de fato? Ora, sob a aparência da heroína, sabemos esconder-se o parente, ávido por enganar a guardiã e ganhar a liberdade. Essa mesma discussão diz respeito ao universo teatral, só que às avessas: como tornar verossímeis os fantasmas, de forma a iludir os sentidos? Se o parente é um ator representando Helena, a guardiã é seu público, e o sucesso do drama depende de que esta acredite naquele, ou seja, de que a aparência se sobreponha à realidade — o que não acontece neste caso.

Contudo, o mais curioso nessa paródia é ver como a situação de Helena se aplica também a Eurípides. O tragediógrafo reencena a história de sua heroína quando é julgado não pelos seus atos, mas por sua fama misógina. Nesse sentido, Aristófanes se revela um intérprete sensível dessa tragédia centrada na relação entre essência e aparência, nome e coisa, palavra como forma de conhecimento. Afinal, a paródia da *Helena* expõe ao mesmo tempo a situação do tragediógrafo e seu duplo, o parente. O verdadeiro Eurípides é inocente das faltas que lhe são atribuídas pelas mulheres, mas não seu parente, um fantasma criado por ele próprio com a colaboração de Agatão. Em seu discurso, no Tesmofórion, o parente é o misógino por excelência e também o representante de Eurípides, que o nomeou seu porta-voz para defendê-lo junto às mulheres. Por outro lado, a menção a essa tragédia aponta para a superação do impasse, pois as mulheres estão na mesma situação de Helena e querem seu nome de volta (o que não corresponde necessariamente a uma perfeita adequação entre essência e aparência). Eurípides, por ter defendido a reputação de Helena na tragédia homônima, se habilita como aliado das mulheres – retratando-se pelas Fedras e Estenebéias que compôs.

Isso nos leva de volta à questão feminina. Embora subordinada ao debate entre os gêneros dramáticos, a discussão sobre a condição da mulher perpassa a comédia como um todo e se concentra no seu principal elemento de articulação, a parábase (vv. 785-845). Ali o coro responde às principais censuras que lhe são dirigidas pelos homens, lançando um desafio: "ora vamos, se somos um mal, por que vocês se casam conosco?" (vv. 786-787). As mulheres então propõem um duelo em que nomes femininos de caráter alegórico são apostos a masculinos, pertencentes a indivíduos historicamente identificados. Os primeiros revelam-se superiores aos segundos, pois ao mero nome, invólucro vazio, de umas opõem-se os atos de outros, dentre os quais consta um político corrupto e um comandante derrotado. Na batalha dos nomes, o coro quer mostrar que julgar alguém pelo significado de seu nome é tão absurdo quanto julgá-lo pela reputação de outrem. Tomar todas as mulheres por Fedras, Estenebéias ou Helenas implica o mesmo engano que julgar todos os homens pelo que fizeram Carminos ou Cleofonte.

Vale notar, no entanto, que a parábase se insere no movimento paródico da peça e que remete à tirada misógina de Hipólito, herói da tragédia homônima (cf. *Hipólito*, vv. 616-668) e ao discurso que Melanipe faz em prol de seu sexo, na perdida *Melanipe aprisionada*, ambas criações de Eurípides. Nem mesmo aqui a intertextualidade é deixada de lado.

Por mais engenhosas que sejam as tragédias parodiadas anteriormente, nenhuma se mostrou eficaz para solucionar o problema de Eurípides e de seu parente. Falharam em criar e manter a ilusão. Eurípides recorre então a mais um estratagema tirado de seu baú trágico: uma paródia dos finais de suas peças de intriga e de salvação, como *Helena*, em que um bárbaro ameaçador é logrado pela *métis* grega. Nessa tragédia, o rei egípcio Teoclímeno mantém prisioneira a heroína na esperança de unir-se a ela, ainda que à força. Para escapar ao jugo, ela o engana com uma promessa de casamento, obtendo assim a liberdade. É a adaptação desse expediente para o contexto cômico, com o número clássico da dançarina desnuda, que contribui para o desenlace. Diante da dançarina, o arqueiro Cita se deixa levar pelo desejo e relaxa a vigilância sobre o parente, que é libertado por Eurípides. O tragediógrafo sela antes um armistício com as mulheres, no qual se compromete a não as atacar mais em suas peças. Ele mesmo aparece num papel feminino, o da cafetina Artemísia, cujo nome remete à rainha cária que lutou ao lado de Xerxes, na segunda invasão persa. Ela teria protagonizado um curioso episódio na batalha naval de Salamina. Ao escapar da investida de um barco grego, inadvertidamente abalroou e pôs a pique uma embarcação aliada. Xerxes, cuja distância não permitia identificar corretamente o barco atingido, julgou que ela afundara uma nau inimiga e exclamou: "Que dia, meus homens se tornaram mulheres, minhas mulheres, homens!" Nada mais adequado para fechar essa comédia de erros de avaliação que é *As tesmoforiantes*.

ADRIANE DA SILVA DUARTE

BIBLIOGRAFIA

ARISTÓTELES. *Poética*. Trad. Eudoro de Souza. Lisboa: Imprensa Nacional/Casa da Moeda, 1986.

BOWIE, A. *Aristophanes: Myth, Ritual and Comedy*. Cambridge: Cambridge University Press, 1993.

BURKERT, W. *Greek Religion*. Trad. John Raffan. Oxford: Basil Blackwell, 1990 (1ª ed. 1977).

DOVER, K. *Aristophanic Comedy*. Berkeley: University of California Press, 1972.

DUARTE, A. S. *O dono da voz e a voz do dono: a parábase na comédia de Aristófanes*. São Paulo: Humanitas/ Fapesp, 2000.

FOLEY, H. P. The conception of women in Atenian drama. In: *Reflections of Women in Antiquity*. Philadelphia: Gordon and Breach, 1992 (1ª ed. 1981), pp. 127-68.

———. The "Female Intruder" Reconsidered: Women in Aristophanes' *Lysistrata* and *Ecclesiazusae*. Classical Philology, LXXVII, pp. 1-21, 1982.

GASPARI, E. *As ilusões armadas: a ditadura envergonhada*. São Paulo: Companhia das Letras, 2002.

HENDERSON, J. (ed.). *Aristophanes. Lysistrata*. Oxford: Clarendon Press, 1990.

———. *Lysistrata*: the Play and its Themes. In: *Aristophanes: Essays in Interpretation*. Cambridge: Cambridge University Press, 1980, pp. 153-218.

———. *The Maculate Muse. Obscene Language in Attic Comedy*. New York/Oxford: Oxford University Press, 1991 (1ª ed. 1975).

HUBBARD, T. *The Mask of Comedy: Aristophanes and the Intertextual Parabasis*. Cornell Studies in Classical Philology, 51, 1991.

KERÉNY, C. *Dioniso. Imagem arquetípica da vida indestrutível*. São Paulo: Odysseus, 2002.

LORAUX, N. L'Acropole comique. In: *Les enfants d'Athéna. Idées athéniennes sur la citoyenneté et la division des sexes*. Paris: Éditions de la Découverte, 1984, pp. 157-96.

MALHADAS, D. As Dionisíacas urbanas e as representações teatrais em Atenas. In: *Tragédia grega. O mito em cena*. São Paulo: Ateliê Editorial, 2003, pp. 81-93.

SEGAL, E. (ed.). *Oxford Readings in Aristophanes*. Oxford: Oxford University Press, 1996.

SOMMERSTEIN, A. H. (ed.). *Aristophanes. Thesmophoriazusae*. Warminster: Aris & Phillips, 2001.

SOUSA E SILVA, M. F. *Crítica do teatro na comédia antiga*. Coimbra: Instituto Nacional de Investigação Científica, 1987.

TAAFFE, L. K. *Aristophanes and Women*. London: Routledge, 1993.

ZEITLIN, F. Travesties of Gender and Genre in Aristophanes' *Thesmophoriazusae*. In: FOLEY, H. (ed.). *Reflections of Women in Antiquity*. Philadelphia: Gordon and Breach, 1992 (1ª ed. 1981).

CRONOLOGIA

Aristófanes e seu tempo

535. Primeiras representações trágicas em Atenas.
510. Fim da tirania.
508/7. Reformas de Clístenes e adoção do regime democrático.
490. Primeira invasão persa: batalha de Maratona.
487/6. Primeiras representações cômicas nas Grandes Dionísias.
480. Segunda invasão persa: Batalha de Salamina.
450. Data provável para o nascimento de Aristófanes.
447-438. Construção do Partenon.
440. Tragédia e comédia passam a integrar as Lenéias.
431. Início da Guerra do Peloponeso, opondo atenienses a espartanos e seus aliados.
429. Morte de Péricles, vitimado pela peste que atingiu Atenas.
427. Aristófanes estréia com *Convivas** (2º. lugar nas Lenéias), produzida por Calístrato.
426. *Babilônios**, também produzida por Calístrato, concorre nas Grandes Dionísias.
425. *Acarnenses*, produzida por Calístrato, obtém o 1º. lugar nas Lenéias.
424. *Cavaleiros*, primeira produção de Aristófanes, obtém o 1º. lugar nas Lenéias.
423. *Nuvens* é classificada em 3º. lugar nas Grandes Dionísias.

---

* A presença do asterisco indica as peças que não chegaram até os dias de hoje na íntegra ou das quais se conhece apenas o argumento.

422. *Vespas*, produzida por Filonides, obtém o 2º. lugar nas Lenéias. Morte de Cleão em Anfípolis.
421. *Paz* é classificada em 2º. lugar nas Grandes Dionísias. Celebração da Paz de Nícias.
418. Data provável para o texto revisto de *Nuvens*.
415. Expedição à Sicília.
414. *Aves* obtém o 2º. lugar nas Grandes Dionísias.
411. Representação de *Lisístrata* e *As tesmoforiantes*. Golpe oligarca.
410. Restauração da democracia.
406. Morte de Eurípides e de Sófocles.
405. *Rãs*, produzida por Filonides, obtém o 1º. lugar nas Lenéias.
404. Rendição ateniense marca o fim da Guerra do Peloponeso. Regime dos trinta tiranos.
403. Restauração da democracia.
399. Condenação de Sócrates à morte.
392. Representação de *Assembléia de mulheres*.
388. Representação de *Pluto*.
387/6. Araros, filho de Aristófanes, leva à cena suas últimas comédias, *Cocalo** e *Eolosicone**.
385. Data provável para a morte de Aristófanes.
316. Representação do *Díscolo* de Menandro, um marco da Comédia Nova.

NOTA À PRESENTE EDIÇÃO

As traduções das duas comédias de Aristófanes reunidas neste livro foram feitas diretamente do grego e tiveram por base os textos estabelecidos por Jeffrey Henderson (Oxford: Clarendon Press, 1990), para *Lisístrata*, e por Victor Coulon (Paris: Les Belles Lettres, 1928) e Alan Sommerstein (Warminster: Aris & Phillips, 1994), para *As tesmoforiantes*. A introdução, as notas e a cronologia foram elaboradas pela tradutora tendo por base a bibliografia indicada no volume.

LISÍSTRATA

*Lisístrata**

Personagens**

Dissolvetropa (Lisístrata)
Lindavitória (Calonice)
Vulverina (Mirrina)
Lampito
Coro de Velhos
Coro de Mulheres
Delegado (Próbulo)
Mulheres Velhas (3)
Mulheres (4)
Trepásio (Cinésias)
Arauto
Embaixador Lacedemônio
Embaixador Ateniense
Um Ateniense

---

* Tradução a partir do texto grego estabelecido por Jeffrey Henderson em Aristophanes. *Lysistrata*. Oxford: Clarendon Press, 1990. (N. da T.)

** Como os nomes gregos são significativos e na comédia sua escolha, ao menos no que respeita aos personagens principais, não parece arbitrária, optei por traduzi-los para o português mantendo entre parênteses a forma original. (N. da T.)

Personagens mudas
Mulheres Atenienses, uma Beócia, uma Coríntia, uma proclamadora pública, Arqueiros, Mulheres Velhas, Servo de Trepásio, Criança (Filho de Trepásio), Reconciliação, Porteiro, Lacedemônios, Atenienses.

Dissolvetropa
Se alguém as tivesse convocado ao templo de Baco,
ou ao de Pã, ou ao de Afrodite Cólia, ou ao das Genetíledes
seria impossível passar por causa da batucada[1].
Mas, hoje, nenhuma mulher está aqui,
só a minha vizinha que está saindo. 05
Bom dia, Lindavitória!

Lindavitória
Para você também, Dissolvetropa.
O que a está perturbando? Não veja tudo negro, minha filha.
Sobrancelhas arqueadas não combinam com você.

Dissolvetropa
Mas, Lindavitória, meu coração está pegando fogo
e sofro muito por nós, mulheres, 10
porque os homens acham que
não prestamos.

Lindavitória
E não prestamos mesmo.

Dissolvetropa
Foi dito a elas que viessem aqui

para deliberar sobre um negócio nada insignificante,
mas elas dormem e não chegam.

Lindavitória
                Mas virão, 15
minha querida. Para as mulheres, é difícil sair de casa.
Dentre nós, uma se manteve ocupada com seu marido,
outra tenta acordar o criado, outra faz o bebê
dormir, outra dá o banho e outra, a papinha.

Dissolvetropa
Mas há outras coisas mais interessantes 20
do que essas.

Lindavitória
    Quais são, querida Dissolvetropa?
Por qual motivo está convocando a nós, mulheres?
Que negócio é esse? De que tamanho?

Dissolvetropa
                Grande.

Lindavitória
                          E grosso também?

Dissolvetropa
Sim, por Zeus, grosso também.

Lindavitória
        Então por que a demora?

Lisístrata

Dissolvetropa
Não é esse o espírito da coisa. De fato, teríamos vindo rápido.   25
Mas é um negócio acalentado por mim
e remexido nas muitas noites em claro.

Lindavitória
Será que é fininho o que você remexeu?

Dissolvetropa
É tão fino que a salvação
de toda a Grécia está nas mulheres.   30

Lindavitória
Nas mulheres? Em pouco se sustenta.

Dissolvetropa
Que dependem de nós os negócios da cidade
ou ela deixa de existir e também os peloponésios...

Lindavitória
É melhor que eles deixem mesmo de existir, por Zeus.

Dissolvetropa
E que os beócios todos pereçam.   35

Lindavitória
Todos de jeito nenhum, poupe as enguias[2].

Dissolvetropa
Sobre Atenas não vou desfiar maldades

desse tipo, mas imagine comigo.
Quando as mulheres se reunirem aqui,
as da Beócia, as peloponésias 40
e nós, juntas salvaremos a Grécia.

Lindavitória
Mas o que de sensato ou brilhante as mulheres
poderiam fazer? Nós que ficamos em casa maquiladas,
vestidas com o manto de cor açafrão, enfeitadas
com túnicas retas cimérias e finas sandálias? 45

Dissolvetropa
São essas coisas mesmas que, espero, nos salvarão:
roupinhas da cor do açafrão, perfumes, sandálias finas,
ruge e tunicazinhas transparentes.

Lindavitória
E isso de que modo?

Dissolvetropa
De modo que homem nenhum
contra outro erga a lança... 50

Lindavitória
Já vou já lavar a túnica cor de açafrão, pelas duas deusas[3].

Dissolvetropa
nem pegue o escudo...

Lindavitória
Vou vestir a minha ciméria.

DISSOLVETROPA
nem o punhal.

LINDAVITÓRIA
Vou comprar sandálias finas.

DISSOLVETROPA
As mulheres não deviam já estar aqui?

LINDAVITÓRIA
Não, por Zeus. Elas deviam é ter chegado voando há tempos.   55

DISSOLVETROPA
Mas, minha cara, você vai ver que elas são áticas da gema
porque deixam todas as obrigações para a última hora.
Nenhuma mulher do litoral,
nem de Salamina está aqui.

LINDAVITÓRIA
Mas eu bem sei que elas,
de manhã cedinho, pernas abertas, já estão montadas em
[seus barcos a remo.   60

DISSOLVETROPA
E nem as que eu esperava e contava que
fossem as primeiras a estar aqui, as mulheres
de Acarnas, não chegaram.

LINDAVITÓRIA
Ao menos a de Teógenes[4],

para vir para cá, içava um brinde.
Mas eis que vêm chegando algumas. 65

DISSOLVETROPA
Outras ainda avançam.

LINDAVITÓRIA
Oba!
De onde são?

DISSOLVETROPA
De Anagiro.

LINDAVITÓRIA
Acho que não giram bem da cabeça[5].

VULVERINA
Será que somos as últimas a chegar, Dissolvetropa?
O que você diz? Por que está calada?

DISSOLVETROPA
Não é bonito, Vulverina, 70
chegar em cima da hora para um negócio destes.

VULVERINA
Foi difícil achar no escuro a minha cinta.
Mas se há tanta urgência, fale às que estão aqui.

DISSOLVETROPA
Não, por Zeus. Esperemos um pouco porque

Lisístrata
as mulheres da Beócia e do Peloponeso 75
estão chegando.

Vulverina
Muito bem falado.
Eis que também Lampito vem chegando.

Dissolvetropa
Olá, Lampito, minha Lacônia querida!
Como sua beleza salta aos olhos, doçura.
E que bronzeado, que corpo viçoso é o seu! 80
Você seria capaz de esganar até mesmo um touro!

Lampito
Com certeza, suponho que sim, pelos
[gêmeos[6].
Eu faço muita ginástica e pulo encostando os pés no
[bumbum.

Lindavitória
Que belo par de peitos você tem aí!

Lampito
Vocês me apalpam como se eu fosse uma vítima sacrificial.

Dissolvetropa
E essa aí? De onde é essa outra jovem? 85

Lampito
Na certa, é uma dignatária beócia, pelos gêmeos,
que vem até vocês.

Duas comédias

VULVERINA
Por Zeus, como a Beócia,
ela tem um belo campo.

LINDAVITÓRIA
Sim, por Zeus,
a graminha aparada segundo a moda.

DISSOLVETROPA
E essa outra menina?

LAMPITO
Pelos gêmeos, é uma nobre 90
e também coríntia.

LINDAVITÓRIA
Sua nobreza, por Zeus,
é evidente tanto de frente quanto de costas.

LAMPITO
Quem mesmo pediu a reunião desta tropa
de mulheres?

DISSOLVETROPA
Fui eu.

LAMPITO
Diga-nos, então,
o que você quer.

LISÍSTRATA

LINDAVITÓRIA
Sim, por Zeus, cara amiga, 95
conte logo o que você vê de tão sério, seja lá o que for.

DISSOLVETROPA
Eu poderia dizer já. Mas antes de contar,
vou fazer umas perguntinhas a vocês.

LINDAVITÓRIA
O que você quiser.

DISSOLVETROPA
Vocês não estão com saudades dos pais de seus filhos
que estão servindo o exército? Pois eu bem sei que 100
todas vocês têm o marido longe de casa.

LINDAVITÓRIA
Ao menos o meu marido, pobre de mim, está há cinco meses
na Trácia, vigiando Eucrates[7].

VULVERINA
E o meu está há sete meses completos em Pilos.

LAMPITO
E o meu, se alguma vez deixava o seu pelotão, 105
com o escudo debaixo do braço voltava voando estrada afora.

DISSOLVETROPA
E nem a centelha de um amante nos resta.
Desde que os milésios nos traíram,

não vi mais nenhum consolo de oito dedos,
que nos trazia um conforto de couro. 110
Vocês gostariam então, se eu descobrisse um meio,
de, comigo, pôr fim à guerra[8]?

Lindavitória
Pelas duas deusas,
pode contar comigo, mesmo se eu tiver que empenhar
esta roupa aqui e beber até a última moeda.

Vulverina
Pode contar comigo também, mesmo que eu pareça um
[linguado 115
ao doar parte de mim, cortando-me ao meio.

Lampito
Também eu seria capaz de subir até o topo do Tegeto[9]
se de lá avistasse a paz.

Dissolvetropa
Vou dizer, pois já não preciso esconder o plano.
Mulheres, se estamos dispostas
a forçar nossos maridos a firmar a paz, 120
é preciso nos abstermos…

Lindavitória
Do quê? Diga.

Dissolvetropa
Vocês farão então?

LISÍSTRATA

LINDAVITÓRIA
Faremos, ainda que seja preciso morrer.

DISSOLVETROPA
Então, é preciso que nos abstenhamos da rola.
Por que vocês me dão as costas? Aonde vão? 125
E vocês, por que estão amuadas e fazem que não com a
[cabeça?
Por que perderam a cor? Por que uma lágrima se esvai?
Farão ou não farão? O que pretendem?

LINDAVITÓRIA
Jamais poderia fazê-lo, antes prossiga a guerra.

VULVERINA
Por Zeus, nem eu, antes prossiga a guerra. 130

DISSOLVETROPA
É isso que você diz, linguado? E ainda agora
dizia que até mesmo se cortaria ao meio.

LINDAVITÓRIA
Outra, outra coisa, o que você quiser. Se for preciso, estou
[disposta
a caminhar através do fogo. Antes isso que a rola.
Pois não há nada igual, cara Dissolvetropa. 135

DISSOLVETROPA
E você?

UMA MULHER
Eu também quero atravessar o fogo.

Duas comédias

Dissolvetropa
Que sexo mais devasso, esse nosso!
Não é em vão que as tragédias falam de nós,
pois nada somos exceto sedução e bebês enjeitados[10].
Mas cara Lacônia, se você sozinha 140
ficar comigo, ainda poderíamos salvar o negócio.
Vote comigo.

Lampito
Pelos gêmeos, é duro
as mulheres dormirem sozinhas, sem caralho.
Entretanto, que seja. A paz é prioritária.

Dissolvetropa
Minha queridíssima, dessas, você é a única mulher. 145

Lindavitória
Se nos abstivermos o mais possível do que você diz
— que isso não aconteça —, por causa disso aí
haveria a paz?

Dissolvetropa
Com certeza, pelas duas deusas.
Se ficássemos dentro de casa, maquiladas,
e, sob as tunicazinhas de Amorgos, 150
nuas desfilássemos, o púbis depilado,
os maridos, cheios de tesão, desejariam fazer sexo,
mas se não nos aproximássemos, se nos recusássemos,
negociariam a trégua rapidinho, sei bem disso.

Lisístrata

Lampito
Com certeza, ao espiar as maçãs de Helena 155
desnudas, Menelau jogou longe o punhal, penso eu[11].

Lindavitória
E se nossos maridos nos abandonarem, minha cara?

Dissolvetropa
Como Ferécrates, teremos que "esfolar uma cadela
[esfolada"[12].

Lindavitória
Esses simulacros não são de nada.
E se nos pegam à força e nos arrastam 160
para o quarto?

Dissolvetropa
Agarre-se à porta.

Lindavitória
E se nos batem?

Dissolvetropa
Deve-se permitir de má vontade.
Para eles, à força, essas coisas não têm graça.
Sobretudo, é preciso fazê-los sofrer. Fique tranqüila,
logo desistirão por completo. Pois um marido jamais 165
sentirá prazer, se não estiver de acordo com sua mulher.

Lindavitória
Se para vocês está bom assim, nós também concordamos.

Lampito
Nós convenceremos nossos maridos
a em tudo firmar uma paz justa e sem trapaça.
Já o populacho ateniense, 170
quem o convenceria a não se perder em divagações?

Dissolvetropa
Fique tranqüila que nós convenceremos os nossos.

Lampito
Não, enquanto as trirremes tiverem pés
e dinheiro sem fim houver junto à deusa.

Dissolvetropa
Mas também isso está bem preparado, 175
pois hoje tomaremos a Acrópole.
Cabe às mais velhas fazer o seguinte:
enquanto nós combinamos nossa parte,
elas, aparentando sacrificar, tomarão a Acrópole.

Lampito
Vai dar tudo certo, pois nisso você tem razão. 180

Dissolvetropa
Então por que não fazemos logo um juramento conjunto,
[Lampito,
para que nosso acordo jamais seja rompido?

Lampito
Recite então os termos do juramento, da forma em que
[vamos jurá-los.

Lisístrata

Dissolvetropa
Bem falado. Cadê a guardiã Cita[13]? Está olhando para onde?
Coloque o escudo com a parte da frente virada para baixo   185
e que alguém me passe os testículos picados.

Lindavitória
      Dissolvetropa,
que juramento nos fará prestar?

Dissolvetropa
      Qual?
Degolar uma vítima no escudo,
como dizem Ésquilo ter feito uma vez[14].

Lindavitória
      Dissolvetropa, não jure
sobre um escudo nada relativo à paz.   190

Dissolvetropa
Qual, então, poderia ser o juramento?

Lindavitória
      E se pegarmos
um cavalo branco e lhe arrancarmos os testículos?

Dissolvetropa
Cadê o cavalo branco?

Lindavitória
      Mas como nós vamos
jurar?

Duas comédias

Dissolvetropa
Por Zeus, se você quiser, eu direi.
Depois de colocar uma grande taça negra emborcada   195
e degolar uma jarra de vinho tásio,
juraremos não verter água nela.

Lampito
Puxa, nem tenho palavras para elogiar esse juramento!

Dissolvetropa
Que alguém traga lá de dentro taça e jarra.

Vulverina
Caríssimas amigas, que copa!   200

Lindavitória
Só de pegá-la, qualquer um imediatamente se alegraria.

Dissolvetropa
Deixe-a aí e traga-me o varrão.
Senhora Persuasão e Taça da Amizade,
aceitem de bom grado o sacrifício das mulheres.

Lindavitória
Que bela cor tem este sangue e com que força jorra!   205

Lampito
E, por Castor, é certo que exala um aroma suave[15].

Vulverina
Deixem-me jurar primeiro, mulheres.

Lisístrata

LINDAVITÓRIA
Não, por Afrodite, a menos que você seja contemplada no
[sorteio.

DISSOLVETROPA
Todas vocês segurem a taça, Lampito.
Uma única deve, por todas, repetir o que eu disser   210
e vocês jurarão e sancionarão.
"Ninguém, nem amante nem marido,

LINDAVITÓRIA
"Ninguém, nem amante nem marido,

DISSOLVETROPA
há de se aproximar de mim cheio de tesão." Diga.

LINDAVITÓRIA
há de se aproximar de mim cheio de tesão." Ai, ai,   215
afrouxam-se os meus joelhos, Dissolvetropa.

DISSOLVETROPA
"Em casa, levarei a vida sem macho,

LINDAVITÓRIA
"Em casa, levarei a vida sem macho,

DISSOLVETROPA
vestida com o manto cor de açafrão e enfeitada,

LINDAVITÓRIA
vestida com o manto cor de açafrão e enfeitada,   220

Duas comédias

DISSOLVETROPA
para que meu marido arda ainda mais de paixão por mim,

LINDAVITÓRIA
para que meu marido arda ainda mais de paixão por mim,

DISSOLVETROPA
e jamais voluntariamente cederei ao meu marido.

LINDAVITÓRIA
e jamais voluntariamente cederei ao meu marido.

DISSOLVETROPA
E se, contra a minha vontade, for constrangida à força, 225

LINDAVITÓRIA
E se, contra a minha vontade, for constrangida à força,

DISSOLVETROPA
permitirei de má vontade e ficarei imóvel.

LINDAVITÓRIA
permitirei de má vontade e ficarei imóvel.

DISSOLVETROPA
E não apontarei para o teto minhas sandálias pérsicas.

LINDAVITÓRIA
E não apontarei para o teto minhas sandálias pérsicas. 230

Lisístrata

Dissolvetropa
Não bancarei a leoa sobre a faca de queijo.

Lindavitória
Não bancarei a leoa sobre a faca de queijo.

Dissolvetropa
Ao firmar esse juramento, que eu possa beber daí.

Lindavitória
Ao firmar esse juramento, que eu possa beber daí.

Dissolvetropa
Mas, se eu o violar, que a taça se encha de água. 235

Lindavitória
Mas, se eu o violar, que a taça se encha de água.

Dissolvetropa
Todas vocês fazem este juramento?

Todas
Sim, por Zeus.

Dissolvetropa
Bom, então, que eu consagre a vítima.

Lindavitória
Sua parte apenas, querida,
para que logo nos tornemos amigas umas das outras.

Duas comédias

Lampito
Por que este alvoroço?

Dissolvetropa
  É aquilo que eu dizia.   240
As mulheres já tomaram a cidadela
da deusa. Vamos, Lampito,
vá e coordene bem o seu lado.
Estas mulheres, deixe-as aqui conosco como reféns.
E nós, junto com as outras na Acrópole,   245
ajudemos a colocar trancas.

Lindavitória
E, no entanto, você não imagina que os homens
acorrerão contra nós em um instante?

Dissolvetropa
  Pouco me importo com eles.
Não virão nem com ameaças nem com fogo
suficientes para que abramos essas portas,   250
a não ser nos termos que ditamos.

Lindavitória
Não, por Afrodite, jamais, pois nós,
mulheres, não faríamos jus à fama de invencíveis e repulsivas.

Líder do Coro de Velhos
Avance, Draces, guie-nos passo a passo, mesmo que doa seu
             [ombro
por suportar tamanho peso do galho da verde oliveira.   255

Lisístrata

Coro de Velhos
Há muito de inesperado
no curso de uma longa vida, ah!
Pois quem um dia teria esperado ouvir, Estrimodoro,
que as mulheres, mal manifesto
que sustentávamos em casa,
se apossariam da santa estátua,
tomariam minha Acrópole
e com ferrolhos e trancas
os seus portões fechariam?

Líder do Coro de Velhos
Vamos, rápido, apressemo-nos para a cidadela,
para que, dispondo essa lenha ao redor delas,
de quantas alavancaram esse negócio e o levaram adiante,
e uma única fogueira armando, de própria mão, ateemos
[fogo
em todas, de voto unânime, e, primeiro, na mulher de
[Licos[16].

Coro de Velhos
Não, por Deméter, enquanto eu
viver elas não vão rir na minha cara[17].
Nem mesmo Cleomenes, que a tomou primeiro,
saiu sem ser molestado, mas,
embora respirasse ares lacônios,
foi-se após ter-me entregado suas armas,
ficando com a roupa do corpo,
faminto, imundo, barba por fazer,
sem tomar banho por seis meses[18].

Duas comédias

Líder do Coro de Velhos

Tão duramente eu sitiei aquele homem,
dormindo diante das portas numa formação de dezessete
[escudos,
e estas aí, detestadas por Eurípides e pelos deuses todos,
não as impedirei com minha presença de cometer tamanha
[ousadia[19]?
Antes eu não tenha mais um troféu na Tetrápolis[20]! 285

Coro de Velhos

Mas a parte do caminho
que me resta é o trecho
em subida até a cidadela, aonde tenho pressa de chegar.
Como então puxaremos isso aqui
sem um burro de carga? 290
Que pressão dessas duas toras sobre os meus ombros!
Mas não obstante é preciso andar
e assoprar o fogo,
que não se extinga sem que eu note bem no fim do caminho.
Fu, fu!
Ui, ui, que fumaça! 295
Senhor Héracles, quão terrível
ele se volta contra mim desde a panela,
como um cão raivoso, morde meus dois olhos.
É de fato de Lemnos este fogo,
com toda a certeza, 300
se não, jamais devoraria com os dentes as minhas remelas[21].
Apresse-se até a cidadela
e socorra a deusa.
Quando, mais do que hoje, Laques, a defenderemos?

Fu, fu!
Ui, ui, que fumaça!

Líder do Coro de Velhos
Este fogo aqui foi velado graças aos deuses e está vivo.
E se colocássemos primeiro as duas toras aqui
e, pondo a tocha da vinha na panela,
a acendêssemos e caíssemos sobre a porta como carneiros?
Mesmo que as mulheres não relaxem os ferrolhos ao nosso
[chamado,
devemos atear fogo às portas e constrangê-las com a fumaça.
Coloquemos então a carga – cof, que fumaça, puxa vida!
Quem, dentre os generais de Samos, nos ajudaria com essa
[lenha[22]?
Eis que ela deixa de pressionar meu espinhaço!
A sua tarefa, panela, é despertar o carvão,
para que, antes de mais nada, traga-me a tocha acesa.
Soberana Vitória, ajuda-nos a erigir um troféu
depois de castigarmos a ousadia das mulheres na cidadela.

Líder do Coro de Mulheres
Parece que vejo fuligem e fumaça, mulheres,
como do fogo ardente. Depressa, devemos nos apressar!

Coro de Mulheres
Voe, voe, Nicódice,
antes que sejam queimadas Cálice
e Crítila, sufocadas
pelos ventos terríveis
e pelos velhos horríveis.

Mas só uma coisa temo: será que as socorro com pé
[vagaroso?
Agora que, às escuras, enchi o meu jarro
com dificuldade na fonte por causa da multidão, do
[tumulto e do choque
entre os potes,
empurrada por criadas 330
e escravas marcadas, vivamente
erguendo-o e para as minhas
vizinhas ardentes
trazendo água, venho em seu socorro. 335
Eu ouvi que uns velhos com fumaça na cabeça
[lançam-se contra a cidadela
trazendo toras, como se preparassem um banho,
cada uma pesando três talentos,
com ameaças terríveis, dizem
que deviam, no fogo, grelhar as mulheres sacrílegas. 340
Deusa, que eu jamais as veja arder em chamas,
mas salvar a Grécia e seus cidadãos da guerra e das
[loucuras.
Nessa condição, deusa do penacho de ouro,
protetora da cidade, ocupei sua sede. 345
Eu te conclamo nossa aliada,
Tritogênia, se algum homem
atear fogo nelas,
traga água conosco[23].

LÍDER DO CORO DE MULHERES
Pode deixar. Oh, o que é isso!? Homens canalhas, 350
pois os nobres e piedosos jamais fariam isso.

Líder do Coro de Velhos
Isso aí nos pega de surpresa:
esse enxame de mulheres aí que acorre até as portas.

Líder do Coro de Mulheres
Por que vocês se cagam de medo de nós? Não é por
[parecermos muitas?
E não estão vendo nem a décima milésima parte de nós.   355

Líder do Coro de Velhos
Fédrias, deixaremos que elas tagarelem assim?
Um de nós devia quebrar o pau sobre elas e espancá-las.

Líder do Coro de Mulheres
Coloquemos então nossas vasilhas no chão, para que,
se alguém levantar a mão, elas não nos atrapalhem.

Líder do Coro de Velhos
Por Zeus, se um de nós tivesse acertado suas mandíbulas
[duas ou três vezes,   360
elas teriam perdido a voz, como Búpalos[24].

Líder do Coro de Mulheres
Veja só! Que alguém se apresente! Eu ficarei aqui e à vista,
mas não tema que outra cadela agarre seus testículos.

Líder do Coro de Velhos
Se não se calar, vou surrá-la e debulhar sua velhice.

Líder do Coro de Mulheres
Chega perto e toca Estrabulide com um só dedo.   365

Duas comédias

LÍDER DO CORO DE VELHOS
E por que não, se eu vou reduzi-la a pó com meus socos?
[O que você me fará de terrível?

LÍDER DO CORO DE MULHERES
Ceifarei com mordidas seus pulmões e tripas.

LÍDER DO CORO DE VELHOS
Não há poeta mais sábio do que Eurípides,
pois nenhuma criatura é desavergonhada como as mulheres.

LÍDER DO CORO DE MULHERES
Levantemos nossa vasilha d'água, Rosipe. 370

LÍDER DO CORO DE VELHOS
Por que, detestada pelos deuses, você veio aqui com água?

LÍDER DO CORO DE MULHERES
E você, pé na cova, com fogo? Para cremar a si mesmo?

LÍDER DO CORO DE VELHOS
Eu? Para incendiar suas amigas armando uma fogueira.

LÍDER DO CORO DE MULHERES
E eu, para apagar o seu fogo com ela.

LÍDER DO CORO DE VELHOS
Você? Apagar o meu fogo?

LÍDER DO CORO DE MULHERES
Os fatos logo mostrarão. 375

Lisístrata

LÍDER DO CORO DE VELHOS
Não sei se eu não estou a ponto de assá-la com minha tocha.

LÍDER DO CORO DE MULHERES
Se, por acaso, você tiver saponáceo, vou lhe dar um banho.

LÍDER DO CORO DE VELHOS
Você? Um banho em mim, sua velha podre?

LÍDER DO CORO DE MULHERES
Até mesmo um nupcial.

LÍDER DO CORO DE VELHOS
Você ouviu que ousadia?

LÍDER DO CORO DE MULHERES
Eu sou livre.

LÍDER DO CORO DE VELHOS
Eu vou acabar com seu grito agora.

LÍDER DO CORO DE MULHERES
Mas você não está no tribunal. 380

LÍDER DO CORO DE VELHOS
Incendeie seus cabelos.

LÍDER DO CORO DE MULHERES
É com você, Aqueloo.

Líder do Coro de Velhos
Ai de mim, miserável!

Líder do Coro de Mulheres
Será que estava quente?

Líder do Coro de Velhos
Quente? Aonde? Não vai parar? O que está fazendo?

Líder do Coro de Mulheres
Regando para que você brote.

Líder do Coro de Velhos
Mas já estou seco e tiritando. 385

Líder do Coro de Velhos
Então, já que você tem fogo, esquentará a si mesmo.

Delegado[25]
Será que a languidez das mulheres irradiou-se,
sua batucada e os constantes vivas a Sabázios,
e esses lamentos em honra de Adônis em cima dos telhados
que ouvi um dia na assembléia[26]? 390
Enquanto Demóstratos, o inoportuno, dizia
que navegássemos rumo à Sicília, sua mulher, dançando,
dizia "ai, ai, Adônis". Demóstratos
dizia que alistássemos soldados de Zacinto,
mas sua mulher, embriagada em cima do telhado, 395
dizia "golpeiem-se por Adônis". E ele insistia,
o inimigo dos deuses e impuro, Senhor Temperamental[27].
Tais são os desregramentos oriundos delas.

Lisístrata

Coro de Velhos
O que você diria, se soubesse de mais este excesso?
Elas nos insultaram de outras formas e com suas vasilhas   400
deram-nos um banho, de modo que nossas túnicas
estamos sacudindo como se tivéssemos nos mijado.

Delegado
Por Posídon salgado, é mesmo justo!
Toda vez que nós mesmos fazemos alguma sacanagem
com as mulheres e ensinamos a languidez,   405
tais idéias germinam nelas.
Dizemos nas lojas dos artesãos o seguinte:
"Ourives, o colar que você reparou,
ontem, enquanto minha mulher dançava,
sua lingüeta soltou-se do orifício.   410
Devo embarcar para Salamina,
mas você, se tiver tempo, de todo modo à tarde
vá até ela e ajuste a lingüeta."
E um outro diz a um sapateiro,
jovem e com um pênis nada infantil, o seguinte: 415
"Sapateiro, a correia está apertando o dedinho
do pé da minha mulher,
que é delicado. Portanto, você, ao meio-dia,
vá e afrouxe-a, para que fique mais larga."
Coisas assim levam a este outro aqui,   420
quando eu, que sou delegado, tendo encontrado como
confeccionarmos remos, faltando agora o dinheiro,
estou trancado para fora das portas pelas mulheres.
Mas ficar parado não ajuda nada. Traga as alavancas
para que eu acabe com a insolência delas. (*Para os arqueiros citas*)   425

Por que está embasbacado, seu desgraçado? E você? Está
[olhando para onde
que não faz nada além de procurar um bar?
Não vão colocar as alavancas sob as portas
e forçá-las por ali? Aqui eu
ajudarei a forçá-las.

Dissolvetropa
Não forcem nada. 430
Eu saio espontaneamente. Por que é necessário alavancas?
De fato alavancas não são mais necessárias do que
[inteligência e bom senso.

Delegado
Verdade, sua peste? Cadê o arqueiro?
Prenda-a e amarre suas mãos para trás.

Dissolvetropa
Por Ártemis, se ele tocar a ponta 435
da mão em mim, mesmo sendo funcionário público, vai
[chorar.

Delegado
Ei você, ficou com medo? Não vai agarrá-la pela cintura?
E você, não vai terminar de amarrá-la com ele?

Primeira Velha
Por Pândroso, se somente colocar a mão nela,
pisoteado, você vai se cagar[28]. 440

Lisístrata

Delegado
Veja só, "você vai se cagar". Cadê o outro arqueiro?
Ajude a amarrar primeiro esta, porque ela fala demais.

Segunda Velha
Pela Portadora da Luz, se a ponta da sua mão
encostar nela, você vai pedir uma compressa[29].

Delegado
O que é isso? Cadê o arqueiro? Detenha-na. 445
Vou impedir qualquer uma de vocês de usar esta saída.

Terceira Velha
Pela deusa da Taurida, se se aproximar dela,
vou arrancar cada fio lastimável de seu cabelo[30].

Delegado
Ai de mim, infeliz! Arqueiro bom está em falta.
Mas nós jamais vamos ser derrotados 450
por mulheres. Avancemos juntos em direção a elas, Citas,
em formação.

Dissolvetropa
Pelas duas deusas,
saiba que conosco são quatro batalhões
de mulheres belicosas lá dentro, armadas dos pés à cabeça.

Delegado
Voltem as mãos delas para trás, Citas. 455

Duas comédias

Dissolvetropa
Mulheres aliadas, venham correndo daí de dentro,
vendedoras de grãos e legumes e verduras,
vendedoras de alho, estalajadeiras e padeiras,
vocês não vão puxar, bater, golpear,
não vão insultar, perder a vergonha? 460
Parem, recuem, nada de pilhagens.

Delegado
Ai, como os meus arqueiros acabaram mal!

Dissolvetropa
Mas o que você pensava? Julgou vir
contra um punhado de escravas? Ou não acredita que as
[mulheres
têm bile?

Delegado
Têm sim, por Apolo, e mesmo 465
demasiada, se houver um bar por perto.

Líder do Coro de Velhos
Delegado destas terras, por que joga tanta conversa fora?
Por que mantém diálogo com feras?
Não sabe que banho ainda agora elas deram
em nossas tuniquinhas e, ainda por cima, sem sabão? 470

Líder do Coro de Mulheres
Mas, meu caro, não se deve meter a mão nos mais próximos
a esmo. Se você fizer isso, não há como escapar de um olho
[roxo.

Lisístrata

Pois eu quero ficar bem comportada como uma mocinha,
sem perturbar ninguém nem mover uma palha sequer,
desde que ninguém cutuque o vespeiro e me irrite. 475

Coro de Velhos
Ó Zeus, o que faremos um dia
com estes animais?
Isso não é mais tolerável, é seu dever investigar
comigo o acontecido,
com que intenção elas 480
tomaram a cidadela de Crânaos,
a grande rocha, Acrópole intransponível,
recinto sagrado[31].

Líder do Coro de Velhos
Vamos, pergunte, não se deixe convencer, refute-as de
[todos os modos,
porque é uma vergonha deixarmos um assunto desses sem
[investigação. 485

Delegado
Certamente também eu desejo saber de viva voz primeiro,
[por Zeus,
com que intenção trancafiaram a ferrolhos a nossa cidade.

Dissolvetropa
Para mantermos o dinheiro intacto e vocês não guerrearem
[por ele.

Delegado
Por dinheiro guerreamos então?

Dissolvetropa
E tudo o mais ficou de pernas para o ar.
Para poder roubar, Pisandro e os que ocupavam cargos 490
sempre promoviam algum tumulto[32]. E, por isso, que façam
o que quiserem. Jamais vão se apoderar deste dinheiro.

Delegado
Mas o que você vai fazer?

Dissolvetropa
Você quer saber? Nós vamos administrá-lo.

Delegado
Vocês? Vão administrar o dinheiro?

Dissolvetropa
Por que você acha isso tão estranho?
Nós não administramos plenamente para vocês o
               [orçamento doméstico? 495

Delegado
Mas não é a mesma coisa.

Dissolvetropa
Como não?

Delegado
Devemos ir à guerra com ele.

Dissolvetropa
Em primeiro lugar, não se deve ir à guerra.

LISÍSTRATA

DELEGADO
E que outra salvação teremos?

DISSOLVETROPA
Nós vamos salvá-los.

DELEGADO
Vocês?

DISSOLVETROPA
Sim, nós!

DELEGADO
É sinistro!

DISSOLVETROPA
Você será salvo, mesmo que não queira.

DELEGADO
Você exagera.

DISSOLVETROPA
Você está nervoso,
mas, de qualquer forma, é nosso dever fazer isso.

DELEGADO
Por Deméter, é totalmente injusto.   500

DISSOLVETROPA
É nosso dever, irmão.

DELEGADO
Mesmo que eu não peça?

DISSOLVETROPA
Muito mais ainda por isso.

DELEGADO
De onde veio seu interesse pela guerra e pela paz?

DISSOLVETROPA
Nós vamos explicar.

DELEGADO
Diga rápido, senão vai se arrepender.

DISSOLVETROPA
Escute então
e tente refrear suas mãos.

DELEGADO
Não consigo. É difícil
contê-las por causa da raiva.

UMA VELHA
Então vai se arrepender mais ainda.   505

DELEGADO
Possa você crocitar para si mesma, velha. Quanto a você,
[diga-me.

Lisístrata

Dissolvetropa
Farei isso.
Num primeiro momento, suportamos em silêncio,
por prudência, tudo o que vocês, homens, faziam —
não nos deixavam sequer grunhir — e não estávamos
[satisfeitas com vocês.
Mas compreendíamos vocês bem e, muitas vezes, em casa,   510
escutamos quando deliberavam mal sobre um assunto
[importante.
E se, no íntimo aflitas, perguntávamos sorrindo:
"O que vocês decidiram anotar na coluna sobre as tréguas
na assembléia de hoje?" "E o que você tem a ver com isso?",
[o marido dizia.
"Não vai calar a boca?" E eu me calava.

Uma Velha
Mas eu nunca me calava.   515

Delegado
Com certeza se lamentaria, se não se calasse.

Dissolvetropa
Por isso mesmo eu me calava então.
E, em seguida, éramos de novo informadas de alguma
[outra decisão de vocês, ainda pior.
Quando perguntávamos: "Como levaram isso a cabo,
[marido, de uma forma tão tola?"
Ele imediatamente me olhava de alto a baixo e afirmava
[que, se eu não fiasse uma trama,
minha cabeça teria muito do que se queixar. "Da guerra
[cuidarão os homens!"   520

Delegado
E ele falava com razão, por Zeus.

Dissolvetropa
Com que razão, desgraçado,
se nem mesmo quando deliberavam mal, podíamos
[aconselhá-los?
Então, quando às claras já ouvíamos vocês nas ruas:
"Não há homem neste país." "Não, não há mesmo, por
[Zeus", dizia um outro.
Depois disso, achamos melhor salvar logo a Grécia em
[conjunto   525
com as mulheres aqui reunidas. Até onde era preciso esperar?
Se, quando nós falarmos algo útil, vocês quiserem ouvir
e calar por sua vez como fizemos, daremos um jeito em vocês.

Delegado
Vocês? Em nós? Você exagera. Não posso suportar.

Dissolvetropa
Calado.

Delegado
Eu? Calar-me diante de uma peste como você, que tem um
[véu   530
ao redor da cabeça? Que eu deixe a vida já!

Dissolvetropa
Se é esse o seu problema,
pegue comigo este véu,

Lisístrata

segure-o e coloque-o ao redor da cabeça,
e então fique calado.

Uma Velha
E aqui está a cestinha.   535

Dissolvetropa
E então, cingindo-se, carde
e mastigue favas.
Da guerra cuidarão as mulheres.

Líder do Coro de Mulheres
Ergam-se, mulheres, para longe das vasilhas, para que
possamos, de nossa parte, ajudar também um pouco as
                                          [nossas amigas.   540

Coro de Mulheres
Jamais eu me cansaria de dançar
e nem a fadiga penosa tomaria meus joelhos.
Por sua virtude, quero acompanhá-las
até o fim do mundo. Elas   545
têm dotes naturais, têm encanto, têm audácia,
têm sabedoria e têm a virtude
de um patriotismo moderado.

Líder do Coro de Mulheres
Vamos, mais viril das avós e das mamães-urtigas![33]
Avancem com raiva e não amoleçam, pois até agora vocês
                                      [têm o vento a seu favor.   550

Dissolvetropa

Mas se o doce Eros e a Ciprogênia Afrodite
insuflassem o desejo em nossos seios e coxas
e então engendrassem tensão prazerosa nos homens e
                                 [também pau-durismo,
penso, entre os gregos, seríamos chamadas Dissolvelutas.

Delegado
Por terem feito o quê?

Dissolvetropa
Por impedirmos vocês primeiro de irem   555
armados ao mercado e de fazer loucuras.

Uma Velha
Isso mesmo, por Afrodite de Pafos.

Dissolvetropa
Agora, mesmo para comprar panelas e legumes,
percorrem o mercado armados como Coribantes[34].

Delegado
Por Zeus, os corajosos devem fazê-lo.

Dissolvetropa
Mas com certeza é ridículo
sempre que um, com escudo, Górgona e tudo, compra
                                          [peixe[35].   560

Uma Velha
Por Zeus, eu mesma vi um comandante cabeludo a cavalo

jogar purê de legumes, comprado de uma velha, num
[gorro de bronze.
Um outro, trácio, sacudindo escudo e lança, como Tereu,
amedrontava a vendedora de figos e devorava as azeitonas[36].

DELEGADO
Como vocês serão capazes de impedir as enormes revoltas   565
que assolam nosso país e nelas pôr fim?

DISSOLVETROPA
Muito simplesmente.

DELEGADO
Como? Demonstre.

DISSOLVETROPA
Como quando uma meada está revolta, nós a pegamos assim
e, com os fusos, passamos um fio para cá, outro para lá,
assim também poremos fim a essa guerra, se deixarem,
separando os embaixadores, um para cá, outro para lá.   570

DELEGADO
Então é com lãs, meadas e fusos que vocês contam deter
negócios terríveis? Que tolas!

DISSOLVETROPA
Se ao menos um de vocês tivesse cabeça,
teria administrado a cidade toda com as nossas lãs.

DELEGADO
Como assim? Quero ver.

Duas comédias

Dissolvetropa
Em primeiro lugar, como um tufo dela, tendo lavado
no banho a suarda da cidade, sobre um leito
era preciso surrar os malandros, eliminar os espinhos,
cardar tanto esses que ficaram juntos quanto os que
[calcaram a si mesmos
em vista dos cargos e tirar a cabeça dos nós.
E então, todos misturados em uma cestinha, cardar
a boa vontade geral. E os metecos, se um estrangeiro for
[seu amigo   580
e se tiver obrigações com o Estado, também devia incluí-los
e reconhecer também, por Zeus, que as cidades, quantas
[dessa terra são habitadas,
estão dispostas para vocês como tufos,
cada um à parte. Em seguida, disso tudo os montinhos
[pegando,
devia ajuntá-los aqui e cerrá-los em um único monte, e
[depois fazer   585
um grande novelo e então, com ele, tecer um manto para
[o povo.

Delegado
Não é mesmo demais que elas, que não tinham
[absolutamente nada a ver
com a guerra, cardem e enovelem com a roca coisas tais?

Dissolvetropa
Seu ser repulsivo, com certeza
nós a suportamos duas ou mais vezes. Em primeiríssimo
[lugar damos à luz
e enviamos nossas crianças como soldados rasos.

Delegado
Cale-se, não seja ressentida. 590

Dissolvetropa
Então, quando devíamos ser sedutoras e gozar a juventude,
dormimos sozinhas por causa das campanhas militares.
[A nossa parte, deixo de lado,
aflijo-me com a sorte das moças que envelhecem em seus
[quartos.

Delegado
Então os homens também não envelhecem?

Dissolvetropa
Por Zeus, é claro. Mas você não comparou coisas
[iguais.
Ele, ao voltar, apesar de grisalho, logo desposa uma menina
[moça; 595
mas para a mulher é breve a ocasião, e se não a aproveita,
ninguém quer desposá-la, e ela fica sentada a dar augúrios.

Delegado
Mas qualquer um ainda capaz de ter uma ereção…

Dissolvetropa
Afinal, por que você não leva a sério a idéia de morrer?
Há espaço, você vai comprar um caixão. 600
E eu vou preparar um bolo de mel.
Tome isso aqui e coroe-se.

Duas comédias

Uma Velha
E receba isso aqui de minha parte.

Outra Velha
E tome esta coroa aqui.

Dissolvetropa
Falta alguma coisa? O que você deseja? Vá para o barco. 605
Caronte está chamando,
você o impede de zarpar³⁷.

Delegado
Não é terrível o tratamento que recebo?
Por Zeus, vou imediatamente e me mostrarei
aos delegados como estou. 610

Dissolvetropa
Será que se queixa por não o termos velado?
Bom, no terceiro dia então, bem cedo
receberá de nossa parte as oferendas prontinhas.

Coro de Velhos
Dormir não é próprio de quem é livre!
Vamos, homens, dispamo-nos para esta briga! 615

Isto já está cheirando a coisas
muito sérias, acho eu.
E o cheiro que mais sinto é o da tirania de Hípias³⁸. 618/19
Temo muito que alguns lacônios 620
já estejam aqui na casa de Clístenes

e incitem essas mulheres odiosas aos deuses 622/23
a tomar dolosamente nosso dinheiro e o salário
do qual eu costumava viver[39]. 625

Já é terrível que elas aconselhem os cidadãos,
e, mulheres que são, tagarelem sobre o escudo de bronze
e tentem reconciliar-nos com os homens da Lacônia,
nos quais se pode confiar quanto num lobo de goela aberta.
E elas tramaram contra nós visando a tirania. 630
Mas sobre mim não exercerão a tirania, pois estarei de vigília
e daqui para a frente levarei o punhal no ramo de mirto,
acamparei na praça do mercado, em armas, ao lado de
[Aristogíton[40],
e nesta posição ficarei ao lado dele. Isso é o que vou fazer...
Vou socar o queixo desta velha, a quem os deuses detestam. 635

Coro de Mulheres
E, quando entrar em casa, a que o trouxe à luz não o
[reconhecerá.
Vamos, velhas queridas, primeiro coloquemos isto no chão.

Nós, ó cidadãos, um discurso
útil à cidade estamos iniciando.
E é natural! Ela me educou esplendidamente e me fez
[requintada: 640/41
logo aos sete anos fui arréfora;
além disso, com dez anos, fui moleira para a fundadora;
despindo o manto cor de açafrão, fui ursa nas Braurônias; 644/45
e uma vez fui canéfora, uma linda menina segurando
uma fieira de figos secos[41].

Será que devo dar um bom conselho à cidade?
Se eu sou mulher, não me queiram mal por isso,
quando proponho medidas melhores que as atuais. 650
Eu cumpro a minha parte: contribuo com homens.
Mas vocês, pobres velhos, não!
O que ganhamos nas Guerras Médicas, a chamada quota de
[nossos avós,
gastaram sem retribuir com impostos[42].
Ao contrário, além disso, corremos o risco de sermos
[destruídos por sua causa. 655
Será que vão resmungar agora? Mas, se me aborrecerem,
com este coturno grosseiro darei um soco em seu queixo.

Coro de Velhos

Isso não é um desaforo,
e dos grandes? E acho que não vai ficar só nisso! 659/60
Vamos, deve rechaçar isso o homem que tenha colhões. 661/62
Vamos, dispamos a túnica, já que o homem com H deve 663/64
já de cara cheirar a homem e não fica bem estar enrolado. 665/66
Vamos, pés-brancos, conduzi-nos,
nós que até o Lipsídrion
chegamos, quando ainda éramos jovens[43].
Agora, agora é preciso rejuvenescer, dar asas 670
a todo o corpo e sacudir para longe esta velhice.

Se um de nós lhes der uma oportunidade, ainda que
[mínima,
nada escapará do trabalho destas mãos perfumadas,
mas até barcos construirão e tentarão ainda
combater e navegar contra nós, como Artemísia[44]. 675

LISÍSTRATA

Quando se voltam para a montaria, risco da lista os
                              [Cavaleiros,
pois o mais hábil ginete e o que se mantém melhor
                              [montado é a mulher[45].
Ela não escorregaria ainda que um dispare! Observe as
                              [Amazonas
que, a cavalo, lutando com homens, Micon pintou[46].
Ao contrário, seria preciso pegar todas e no tronco   680
prender-lhes o pescoço.

            CORO DE MULHERES
Pelas deusas, juro que, se me inflamar,
eu soltarei as cachorras em você e o farei   683/84
gritar a seus vizinhos por socorro, hoje,
ao ser tosado[47].   685/86
Vamos nós também, ó mulheres! Dispamo-nos rápido   687/88
para que cheiremos a mulheres enraivecidas a ponto de
                              [morder.   689/90
Que agora alguém venha até mim para que
jamais torne a comer alho
nem favas pretas
porque, basta que me insulte – minha ira é muito grande –,
eu, escaravelho, farei o seu parto quando você, águia, der à
                              [luz[48].   695

Não me preocuparia com vocês, enquanto vivesse minha
                              [Lampito
ou a querida menina tebana, Ismênia bem-nascida.
Pois nem que vote sete vezes, ó infeliz,

você, que é detestado por todos e inclusive por seus
                            [vizinhos, terá força.
Por exemplo, ainda ontem, quando dava uma festa para
                            [Hécate,   700
chamei uma amiga das minhas filhas, uma das vizinhas,
uma boa menina e muito querida, lá da Beócia, uma...
                            [enguia.
E eles se negaram a enviá-la por causa de seus decretos.
E não parará com esses decretos nunca
antes que alguém, pegando-o pela perna, com força torça o
                            [seu pescoço.   705

Senhora desta ação e plano,
por que deixa os edifícios com um olhar tão sombrio sobre
                            [mim?

Dissolvetropa
Atos de mulheres vis e o coração feminino
deixam-me inquieta e põe-me a andar de cima para baixo.

Líder do Coro de Mulheres
O que você está dizendo? O que você está dizendo?   710

Dissolvetropa
A verdade, a verdade.

Líder do Coro de Mulheres
Qual é o problema? Diga às suas amigas.

Dissolvetropa
Mas é vergonhoso dizer e duro calar.

LISÍSTRATA

LÍDER DO CORO DE MULHERES
Não me esconda o mal que sofremos.

DISSOLVETROPA
Para resumir, queremos transar. 715

LÍDER DO CORO DE MULHERES
Ó Zeus!

DISSOLVETROPA
Por que invocar Zeus? Isso é assim mesmo.
Eu não sou mais capaz de afastá-las
de seus maridos. Com efeito, elas escapolem.
Uma, a primeira, surpreendi alargando 720
a abertura que dá para a gruta de Pã;
outra, escorregando por um cabo
e desertando; uma outra ainda, sobre um pardal
planejando bater asas lá para baixo,
para a casa de Orsílaco, ontem, quando eu a puxava pelos
 [cabelos[49]. 725
Qualquer pretexto, de forma a voltar para casa,
alegam. Eis, por exemplo, uma delas vindo aí.
Ei, você! Para onde vai com essa pressa?

MULHER A
 Quero ir para casa.
Em casa tenho lãs de Mileto
que estão à mercê dos vermes.

DISSOLVETROPA
 Que vermes? 730
Você não vai voltar?

Mulher A
Pelas deusas, vou voltar rapidinho,
tão logo estenda sobre a cama.

Dissolvetropa
Não estenda, nem vá de modo nenhum.

Mulher A
Mas deixo que as lãs se percam?

Dissolvetropa
Se for preciso, sim.

Mulher B
Pobre de mim, pobre do meu linho de Amorgos, 735
que deixei em casa por pelar!

Dissolvetropa
Essa outra
sai por causa do linho a pelar.
Volte aqui!

Mulher B
Mas, pela Portadora da Luz,
depois que eu despelá-la, em seguida estou de volta.

Dissolvetropa
Não, não despele. Se você começar com isso, 740
as outras vão querer fazer o mesmo.

LISÍSTRATA

MULHER C
Soberana Ilítia, retenha o parto
até que eu alcance um lugar permitido[50].

DISSOLVETROPA
Que bobagem é esta?

MULHER C
Eu vou dar à luz a qualquer momento!

DISSOLVETROPA
Mas ainda ontem você não estava grávida.

MULHER C
Mas hoje estou. 745
Mande-me, Dissolvetropa, para casa,
para uma parteira, rápido, rápido!

DISSOLVETROPA
Que história é essa?
O que você tem de duro aí?

MULHER C
É um menininho.

DISSOLVETROPA
Não, por Afrodite, você não tem. Mas parece ter algo de
[bronze
vazado. Vou já saber. 750
Sua gaiata, com o capacete sagrado
dizia-se grávida?

Mulher C
E estou mesmo grávida, por Zeus!

Dissolvetropa
E para que isso aí?

Mulher C
Para que, se o parto
acontecer ainda na Acrópole, eu dê à luz no capacete,
depois de entrar nele, como as pombas. 755

Dissolvetropa
O que você está dizendo? Desculpas… A coisa está clara.
Você não vai ficar aqui para a festa de apresentação do
[capacete ao lar[51]?

Mulher C
Ah, eu não consigo mesmo dormir na Acrópole,
desde o dia em que eu vi a serpente guardiã[52].

Mulher D
E eu me acabo de insônia graças às corujas 760
e seu contínuo *quicabau*.

Dissolvetropa
Minhas caras, chega de mentiras.
Estão com saudade de seus maridos, provavelmente. Mas
[você, você não imagina
que eles estão com saudades de vocês? Eu sei bem que
passam noites duras. Mas agüentem firmes, amigas, 765

e sofram mais um bocadinho,
porque há um oráculo de que venceremos
se não houver desavença entre nós. Eis o oráculo.

MULHER C
Diga-nos o que ele diz.

DISSOLVETROPA
Caladas, então.
"Quando as andorinhas se encolherem de medo em um
[único lugar, 770
fugindo das poupas, abstendo-se dos falos,
cessarão os males e, o que está no alto, Zeus altissonante
porá embaixo."

MULHER C
Nos deitaremos por cima?

DISSOLVETROPA
"Caso se separem e batam asas
do templo sagrado as andorinhas, jamais haverá 775
ave mais devassa do que ela."

MULHER C
Por Zeus, o oráculo é mesmo claro. Ó deuses!

DISSOLVETROPA
Então, mesmo se sofrermos, não o rejeitemos,
mas voltemos para dentro. Pois também teremos motivo
[de vergonha,
queridas, se trairmos este oráculo. 780

Duas comédias

Coro de Velhos

Uma história quero contar a vocês, que eu mesmo ouvi
um dia, ainda criança.
Era uma vez um rapazinho, Melânio, que fugindo 784/5
ao casamento, vai para o deserto
e mora nas montanhas⁵³.
E então caçava lebres,
após tecer redes, 790
tinha um cão
e nunca mais voltou para casa, por causa do ódio.
Tamanho asco teve às mulheres, e o nosso,
dos castos, não é menor do que o de Melânio. 795/6

Um Velho
Velha, quero beijá-la...

Uma Mulher
Você não coma cebolas, então.

Um Velho
...erguer a perna e dar um coice.

Uma Mulher
Quanta forragem você tem! 800

Um Velho
Mironides também era
peludo ali, um cu negro
com todos os seus inimigos,
e também Fórmio⁵⁴.

Lisístrata

Coro de Mulheres
Também eu quero contar a vocês uma história, 805/6
em resposta à de Melânio.
Timon era um errante que, entre impenetráveis espinhos,
encerrou por completo seu rosto, 810/1
da vertente das Eríneas⁵⁵.
Esse Timon, portanto,
por causa do ódio partiu
(..........................)
após lançar muitas imprecações contra os homens
[perversos. 815
Assim ele sempre odiava
os homens perversos, mas era amável com as mulheres. 819/20

Uma Mulher
Você quer levar um soco no queixo?

Um Velho
De jeito nenhum. Que medo!

Uma Mulher
E uma pernada?

Um Velho
Vai deixar à vista o seu ensaca-homem.

Uma Mulher
No entanto, embora eu seja velha, 825
você não o veria cheio
de pêlos, mas bem depilado
com a lamparina.

Duas comédias

DISSOLVETROPA (*no alto da muralha*)
Ui, ui, mulheres, venham aqui junto a mim!
Rápido!

UMA MULHER
O que é? Diga-me, por que a gritaria? 830

DISSOLVETROPA
Um homem, vejo um homem aproximar-se ensandecido,
possuído pelos ritos de Afrodite.
Ó soberana, que reina em Chipre, em Citera e em Pafos,
vem por reta rota onde passa.

UMA MULHER
Não importa quem ele é, cadê?

DISSOLVETROPA
Perto do templo de Cloé. 835

UMA MULHER
Ó Zeus, está mesmo! E quem pode ser?

DISSOLVETROPA
Olhem. Alguma de vocês o conhece?

VULVERINA
Por Zeus,
eu sim. É o meu marido, Trepásio.

DISSOLVETROPA
Sua missão é a seguinte: cozinhar, torcer,

LISÍSTRATA

ludibriar, amar e não amar, 840
tudo oferecer exceto aquilo que a taça sabe.

VULVERINA
Não se preocupe, eu vou dar conta.

DISSOLVETROPA
       Eu também
vou ficar aqui, ajudar a ludibriá-lo
e a aquecê-lo. Mas vão embora.

TREPÁSIO
Ai, ai, pobre de mim, que espasmo me toma 845
e que rigidez, como se eu fosse torturado sobre a roda.

DISSOLVETROPA
Quem é você que ultrapassa as sentinelas?

TREPÁSIO
       Eu.

DISSOLVETROPA
Um homem?

TREPÁSIO
    Um homem, de fato.

DISSOLVETROPA
       E não vai dar já o fora daqui?

Duas comédias

> TREPÁSIO
E quem é você para me expulsar?

> DISSOLVETROPA
A vigia diurna.

> TREPÁSIO
Pelos deuses, então me chame a Vulverina. 850

> DISSOLVETROPA
Veja só, eu chamar a Vulverina para você? E quem é você?

> TREPÁSIO
O marido dela, Trepásio de Picas[56].

> DISSOLVETROPA
Bom dia, meu querido. O seu nome não é desprovido de
[glória
entre nós e nem desconhecido,
pois sua mulher sempre o tem na boca. 855
E se um ovo ou uma maçã pega, diz:
"De Trepásio isso seria."

> TREPÁSIO
Pelo amor dos deuses!

> DISSOLVETROPA
Sim, por Afrodite. E se a conversa calha
de ser sobre homens, a sua mulher logo diz que,
perto de Trepásio, o resto é mixaria. 860

Lisístrata

Trepásio
Vá então, chame-a!

Dissolvetropa
Por quê? O que você vai me dar?

Trepásio
Eu darei, por Zeus, se você quiser mesmo.
Isso aqui é o que tenho e, o que tenho, dou a você.

Dissolvetropa
Calma, eu vou descer e chamá-la para você.

Trepásio
                 Rápido, rápido,
porque não acho mais graça alguma na vida 865
desde que ela saiu de casa.
Mas, por um lado, sofro ao entrar; por outro, parece-me
tudo vazio, e nos alimentos
não vejo graça alguma ao comê-los. Estou com tesão.

Vulverina (*fora de cena*)
Eu o amo, amo. Mas ele não quer 870
o meu amor. Não me chame para junto dele.

Trepásio
Vulverinazinha, meu docinho, por que você faz isso?
Venha cá embaixo.

Vulverina (*do alto das muralhas*)
Não, por Zeus, aí não!

Trepásio
Mesmo que eu chame, você não vai descer, Vulverina?

Vulverina
Você me chama à toa. 875

Trepásio
À toa? Eu? Estou esgotado.

Vulverina
Vou embora.

Trepásio
Não! Mas, ao menos, escute
seu filho. Ei, chame a sua mamãe.

Criança
Mamãe, mamãe, mamãe!

Trepásio
Ei, o que há com você? Não tem pena da criança 880
sem banho e sem peito há seis dias?

Vulverina
Eu tenho pena sim, já que o pai dele é
negligente.

Trepásio
Venha cá embaixo, danada, para perto da criança!

Lisístrata

Vulverina
Dar à luz dá é nisso! Tenho que descer. O que se há de fazer?

Trepásio
Ela até parece bem mais jovem 885
e com o olhar mais amável...
Tanto o seu mau humor comigo quanto o seu desdém,
isso mesmo é o que me consome de desejo.

Vulverina
Ó mais doce filhinho de um pai desalmado,
vamos, deixe eu lhe dar um beijo, docinho da mamãe! 890

Trepásio
Por que, sua malvada, você age assim e dá ouvido
às outras mulheres? Me faz sofrer
e você mesma se entristece.

Vulverina
Não aproxime sua mão de mim.

Trepásio
As nossas coisas, lá em casa, as minhas e as suas,
você põe a perder.

Vulverina
Pouco me importam. 895

Trepásio
Pouco importam os seus tecidos arrastados para cá e para lá
pelas galinhas?

VULVERINA
Não mesmo, por Zeus.

TREPÁSIO
Há um tempão que você não celebra os ritos
de Afrodite. Você não vai voltar?

VULVERINA
Por Zeus, eu não, a não ser que vocês se reconciliem   900
e ponham fim à guerra.

TREPÁSIO
Ah, bom, se você quiser,
também faremos isso.

VULVERINA
Ah, bom, se você quiser,
eu também volto para lá. Mas jurei que agora não.

TREPÁSIO
Então, deite-se comigo ao menos um pouquinho.

VULVERINA
Não mesmo. Apesar disso, não vou negar que te amo.   905

TREPÁSIO
Ama? Então por que não se deita, Mirrininha?

VULVERINA
Seu gaiato, na frente da criança?

Lisístrata

Trepásio
Por Zeus, Mânio, leve-a para casa.
Veja, o seu filho já está longe.
Você não vem se deitar?

Vulverina
                E onde se poderia fazer isso,   910
infeliz?

Trepásio
Onde? A gruta de Pã é boa.

Vulverina
E depois como eu regressaria purificada à cidade?

Trepásio
Da melhor forma, com um banho na Clepsidra[57].

Vulverina
E então, depois de ter jurado, vou cometer perjúrio, seu
                                                                    [infeliz?

Trepásio
Que a punição caia sobre mim, não se preocupe com o
                                                                    [juramento.   915

Vulverina
Vamos, vou buscar então um pequeno leito para nós.

Trepásio
                                    De jeito nenhum.
Basta-nos o chão.

VULVERINA
Não, por Apolo. Mesmo sendo desse jeito,
não vou fazer você deitar no chão.

TREPÁSIO
Essa mulher me ama, está bem claro.

VULVERINA
Bem, deite-se logo enquanto eu me dispo. 920
Mas e a – como é mesmo? – esteira? Devo buscá-la.

TREPÁSIO
Qual esteira? Por mim, não.

VULVERINA
Por Ártemis,
é vergonhoso fazer sobre o estrado!

TREPÁSIO
Deixe, então, eu dar um beijinho.

VULVERINA
Aqui.

TREPÁSIO
Oba! Volte então bem rapidinho.

VULVERINA
Eis a esteira. Deite-se enquanto eu me dispo. 925
E entretanto você não tem o – como é mesmo? –
[travesseiro.

Lisístrata

Trepásio
Mas eu não preciso de nada.

Vulverina
Mas eu sim, por Zeus.

Trepásio
Mas será esse pênis aqui um Héracles convidado para o
[jantar[58]?

Vulverina
Levante-se, pule. Já tenho tudo.

Trepásio
Tudo mesmo. Venha aqui então, meu tesouro.   930

Vulverina
Já desato o corpete. Lembre-se então,
não me engane sobre a reconciliação.

Trepásio
Não, por Zeus, seria a minha morte.

Vulverina
Você não tem um pelego.

Trepásio
Não, por Zeus, e não me faz falta nenhuma, eu quero é
[transar.

VULVERINA
Não se preocupe, você vai fazer isso. Eu volto rapidinho. 935

TREPÁSIO
A criatura vai consumir-me com suas cobertas.

VULVERINA
Fique em pé.

TREPÁSIO
Mas este aqui já está em pé.

VULVERINA
Quer que eu passe perfume em você?

TREPÁSIO
Não, por Apolo, não em mim!

VULVERINA
Sim, por Afrodite, quer queira, quer não.

TREPÁSIO
Tomara que o perfume vire, ó Zeus soberano! 940

VULVERINA
Estenda a mão, pegue-o e unte-se.

TREPÁSIO
Não é suave esse perfume aqui, por Apolo,
só serve para retardar e não cheira a núpcias.

Lisístrata

Vulverina
Como sou desastrada! Trouxe o perfume de Rodes[59].

Trepásio
Tudo bem, deixe assim, querida.

Vulverina
Você não diz coisa com coisa. 945

Trepásio
Que tenha uma má morte o primeiro que preparou um
[perfume!

Vulverina
Pegue esse vidrinho.

Trepásio
Mas tenho o outro.
Sua lástima, deite-se e não me traga
mais nada.

Vulverina
Vou fazer isso, por Ártemis.
Já me descalço. Mas, meu querido, cuide 950
de votar as tréguas. (*Sai de cena*)

Trepásio
Vou pensar.
Minha mulher me matou, acabou comigo
e além de tudo, após tirar a minha pele, foi embora.

Ai, ai, que será de mim? Com quem vou transar,
depois de enganado pela mais bela de todas?   955
Como darei de comer a essa criança aqui?
Cadê o Raposão[60]?
Contrate-me uma babá!

Coro de Velhos
Em um terrível mal, ó miserável,
você consome sua alma por ter sido enganado.   960
Eu me apiedo de você, ai, ai!
Qual rim resistiria?
Qual alma? Quais colhões?
Qual quadril? Qual rabo,
esticado   965
e sem transar ao raiar do dia?

Trepásio
Ó Zeus, que espasmos terríveis!

Coro de Velhos
Na certa isso aí foi obra
da superinfame e da supersacrílega.

Trepásio
Não, por Zeus, mas da amada, da superdoce.   970

Coro de Velhos
Que superdoce? Maldita, maldita!

Trepásio
Maldita, maldita mesmo, ó Zeus, Zeus!

Lisístrata

Tomara você, como a um monte de trigo,
em meio a vento e relâmpago,
fazendo-a rolar como uma bola, 975
fosse levando-a e então a soltasse
e ela fosse trazida de volta à terra
e então, repentinamente,
montasse nessa vara.

Arauto

Onde fica a Gerúsia ateniense 980
ou os prítanes[61]? Quero transmitir uma notícia.

Trepásio

O que você é afinal? Um homem ou um Conísalo[62]?

Arauto

Eu sou um arauto, meu jovem, sim, pelos gêmeos.
Venho de Esparta para tratar da reconciliação.

Trepásio

E mesmo assim você vem trazendo uma lança embaixo do
[braço? 985

Arauto

Não, por Zeus, não trago não.

Trepásio

Para onde você se vira de costas?
Por que joga o manto para a frente? Será que tem um
[calombo na virilha
causado pela estrada?

Arauto
Por Castor, o homem
é doido!

Trepásio
Mas você está é com tesão, seu maldito.

Arauto
Não, por Zeus, não estou não. Não comece a divagar. 990

Trepásio
O que você tem aí então?

Arauto
Um bastão lacônio.

Trepásio
Sei… Então isso aqui também é um bastão lacônio.
Mas já que já sei, conte-me a verdade.
Como estão as coisas para vocês na Lacedemônia?

Arauto
Toda a Lacedemônia está ereta e os aliados 995
todos com tesão. Precisamos de nossas ordenhadeiras.

Trepásio
Qual a origem desse mal?
Pã[63]?

Arauto
Não, mas Lampito, creio, deu a partida

e em seguida as demais mulheres de Esparta, juntas,
como de uma única linha de saída   1000
mantiveram os maridos à distância de suas xoxotas.

Trepásio
E como vocês estão?

Arauto
Penando. Pela cidade
andamos curvados, como carregadores de lamparinas.
As mulheres nem nos deixam tocar
seu mirto antes de que todos, num único discurso,   1005
façamos a paz com a Grécia.

Trepásio
Trata-se de uma conjuração geral
da parte das mulheres. Agora eu compreendo.
Bem, diga que enviem aqui o mais rápido
embaixadores com plenos poderes para tratar da paz.   1010
E eu direi ao Conselho que elejam outros
embaixadores aqui, mostrando-lhes este pênis aqui.

Arauto
Vou voando. Seus argumentos são os mais fortes.

Coro de Velhos
Nenhum animal é menos domesticável do que a mulher,
nem o fogo; nenhuma pantera também é assim
                    [desavergonhada.   1015

Coro de Mulheres
Entretanto, consciente disso, você ainda guerreia comigo,
quando é possível, seu canalha, ter-me como amiga certa?

Coro de Velhos
É que jamais vou deixar de odiar as mulheres.

Coro de Mulheres
Vai sim, quando você quiser. Agora, no entanto, não vejo
[com indiferença
a sua nudez. Com efeito, veja só como você está ridículo! 1020
Mas vou me aproximar e vestir em você a túnica.

Coro de Velhos
Por Zeus, não foi perverso isso que fizeram,
mas antes por perversa cólera me despi.

Coro de Mulheres
Pela primeira vez você parece mesmo um homem e não
[está mais ridículo.
Se você não tivesse me aborrecido, eu teria pegado e
[removido 1025
esse inseto que está agora aí.

Coro de Velhos
Era isso que me irritava. Eis o anel.
Arranque-o e, depois de tirá-lo, mostre-me
porque, por Zeus, há muito ele morde o meu olho.

Coro de Mulheres
Farei isso mesmo, embora você seja genioso. 1030

Por Zeus, vale a pena ver o tamanho mosquito que está em
[você.
Não está vendo? Não é este um mosquito Tricorúsio[64]?

CORO DE VELHOS
Por Zeus, você me fez mesmo um favor, porque me
[escavava um poço há tempos,
de modo que, ao ser retirado, escorre-me um rio de lágrimas.

CORO DE MULHERES
Mas eu vou enxugá-lo, mesmo sendo muito malvado,
e vou beijá-lo.

CORO DE VELHOS
Não vai, não.

CORO DE MULHERES
Quer queira, quer não.

CORO DE VELHOS
Vocês são inoportunas porque são bajuladoras natas
e aquele dito está certo e não mal composto:
nem com as pestes, nem sem as pestes[65].
Mas agora faço as pazes com você e, daqui para frente,
[nunca mais 1040
vou maltratá-las nem serei persuadido por vocês a fazê-lo.
Mas reunidos, iniciemos um canto conjunto.

CORO
Não nos preparamos,

homens, para, contra nenhum dos cidadãos,
dizer insultos de nenhuma ordem, 1045
mas, muito pelo contrário, tanto para falar quanto para
                                            [praticar
todo o bem, pois suficientes são os males presentes.
Mas que todos, homem e mulher, proclamem: 1050
se alguém precisa de um dinheirinho emprestado, uns dois
                                            [ou três milhões,
há lá dentro e temos nossas bolsas.
E quando a paz chegar, 1055
quem quer que tome emprestado de nós hoje,
se pegar, não pague mais de volta.

Vamos receber uns
hóspedes Carístios,
homens nobres e honrados[66]. 1060
Há ainda um pouco de purê e uma leitoazinha,
que sacrifiquei, de modo que vocês degustarão do bom
                                            [e do melhor.
Portanto, venham à minha casa amanhã, mas tem que
                                            [ser bem cedinho, 1065
depois de ter banhado a si mesmos e
aos seus filhos, e então
marchar casa adentro, sem pedir licença a ninguém,
mas avançar direto
como em sua própria casa, corajosamente, já que 1070
a porta estará fechada.

Mas eis que vêm de Esparta os embaixadores, arrastando
suas barbas, como se tivessem um chiqueiro ao redor das
                                            [coxas.

LISÍSTRATA

Homens da Lacônia, primeiro a mim saudá-los,
depois contem-nos em que condições chegam.

EMBAIXADOR LACEDEMÔNIO
Por que devemos gastar muitas palavras com vocês?
Dá para ver em que condições chegamos.

CORIFEU
Puxa! Esse mal está terrivelmente mais forte
e parece ainda pior depois da compressa quente.

EMBAIXADOR LACEDEMÔNIO
Estou sem palavras. O que se poderia dizer? Mas que alguém
                                                          [venha
e, do modo que quiser, faça a paz entre nós.

CORO
Mas eis que vejo também os locais,
como lutadores, afastando
do ventre as túnicas, de modo que esse tipo de doença
parece ser atlética.

EMBAIXADOR ATENIENSE
Quem poderia informar o paradeiro de Dissolvetropa?
Porque nós, homens, estamos assim.

CORIFEU
Essa doença bate com essa outra.
Será que de manhãzinha um espasmo os sacode?

EMBAIXADOR ATENIENSE
Por Zeus, afetados por ela, estamos sendo consumidos. 1090
Assim, se alguém não nos reconcilia logo,
não há como não traçarmos Clístenes[67].

CORIFEU
Se são sensatos, vistam as túnicas, de modo a
não serem vistos por nenhum dos mutiladores de hermas.

EMBAIXADOR ATENIENSE
Sim, por Zeus, você tem razão.

EMBAIXADOR LACEDEMÔNIO
    É mesmo, pelos gêmeos, 1095
toda. Vamos, vamos vestir a roupa.

EMBAIXADOR ATENIENSE
Olá, lacônios. Que situação embaraçosa!

EMBAIXADOR LACEDEMÔNIO
Meus caros, que horror experimentamos,
se esses homens nos viram masturbando-nos.

EMBAIXADOR ATENIENSE
Vamos então, lacônios, é preciso falar uma coisa de cada
                [vez. 1100
Estão aqui para quê?

EMBAIXADOR LACEDEMÔNIO
    Como embaixadores
para a paz.

Lisístrata

Embaixador Ateniense
Bem falado. Conosco é a mesma coisa.
Então por que não chamamos Dissolvetropa,
se somente ela poderia nos reconciliar?

Embaixador Lacedemônio
Sim, pelos gêmeos, ou, se quiserem, o Dissolvetropa. 1105

Embaixador Ateniense
Mas, assim parece, não nos é preciso chamá-la.
Assim que ouviu, eis que se aproxima.

Corifeu
Olá, de todas a mais macho. Agora é preciso que você seja
terrível e branda, boa e ruim, augusta e amável, experiente,
porque os líderes gregos se renderam ao seu encanto, 1110
submetem-se a você e confiam todas as suas queixas
[comuns.

Dissolvetropa
Bem, não é uma tarefa difícil, se alguém os encontra
ardorosos e sem pôr-se mutuamente à prova.
Logo eu vou saber. Onde está a Reconciliação?
Pegue e guie primeiro os lacônios, 1115
e não com mão áspera e nem arrogante,
nem da forma estúpida que faziam os nossos maridos,
mas como convém às mulheres, com toda intimidade.
Caso ele não dê a mão, traga-o pelo membro.
Venha e traga esses atenienses, 1120
pegue-os pela parte que oferecerem e guie-os.

Caros lacônios, fiquem perto de mim, do meu lado,
e vocês aqui. Escutem as minhas palavras —
eu sou mulher, mas possuo discernimento[68].
Eu mesma, de minha parte, tenho juízo suficiente 1125
e, por tanto ter ouvido as palavras de meu pai
e dos mais velhos, não sou mal instruída.
Agora que estão em minhas mãos, quero censurá-los
em conjunto e com justiça, os que com a mesma água
 [lustral
aspergiram os altares como parentes 1130
em Olímpia, em Pilos, em Pitô — quantos outros
eu nomearia se pudesse me alongar? —
estando presentes inimigos com exércitos bárbaros,
homens e cidades gregas destroem.
O meu primeiro argumento encerra-se aqui[69]. 1135

Embaixador Ateniense

Eu morro sem prepúcio!

Dissolvetropa

Agora, lacônios, pois minha conversa agora será com vocês,
não sabem que Periclides, o lacônio, esteve aqui
uma vez como suplicante dos atenienses e sentou-se
sobre o altar, pálido em seu manto vermelho, 1140
requisitando um exército? Messênia, então,
pressionava-os e, ao mesmo tempo, o deus os sacudia.
Címon partiu com quatro mil hoplitas
e salvou toda a Lacedemônia[70].
Após terem sido tratados assim pelos atenienses, 1145
arrasam o seu território, daqueles que os trataram tão bem?

Lisístrata

Embaixador Ateniense
Por Zeus, eles são culpados, Dissolvetropa!

Embaixador Lacedemônio
Somos culpados. Mas a bunda, não tenho palavras para
[elogiá-la!

Dissolvetropa
E você pensa que vocês, atenienses, vão sair livres?
Não sabem que os lacônios, por sua vez, 1150
quando vocês usavam vestes servis, vieram com a lança
e mataram muitos tessálios
e muitos companheiros e aliados de Hípias[71]?
Que, sendo os únicos que lutaram ao seu lado naquele dia,
os libertaram e, em vez da veste servil, 1155
envolveram o povo novamente em um manto de lã?

Embaixador Lacedemônio
Jamais vi em lugar algum mulher mais opulenta.

Embaixador Ateniense
E eu, uma xoxota mais bonita, jamais.

Dissolvetropa
Tendo tomado a iniciativa de tantas coisas boas, por que
[então
combatem e não deixam de maldade? 1160
Por que não se reconciliaram? Vamos, qual o impedimento?

Embaixador Lacedemônio
Seria um prazer, se alguém quiser nos
dar esse cinto, digo, recinto.

DISSOLVETROPA
Qual, meu irmão!?

EMBAIXADOR LACEDEMÔNIO
Pêlos, digo, Pilos,
que há tanto tempo reclamamos e apalpamos.

EMBAIXADOR ATENIENSE
Por Posídon, não farão isso, não mesmo.   1165

DISSOLVETROPA
Deixe com eles, amigo.

EMBAIXADOR ATENIENSE
E depois, onde vamos penetrar?

DISSOLVETROPA
Reclamem uma outra zona em troca.

EMBAIXADOR ATENIENSE
Entreguem-nos primeiro – como é mesmo? –,
Eqüino e o Golfo Malíaco,
a parte traseira, e as pernas de Mégara.   1170

EMBAIXADOR LACEDEMÔNIO
Não, pelos gêmeos, tudo não, meu camarada.

DISSOLVETROPA
Conceda, um par de pernas não vai fazer diferença!

Lisístrata

Embaixador Ateniense
Depois de tirar a roupa, pelado, quero arar já.

Embaixador Lacedemônio
E eu, pelos gêmeos, transportar a bosta primeiro!

Dissolvetropa
Se vocês se reconciliarem, farão isso. 1175
Então, se acham bom agir assim, deliberem e
vão consultar seus aliados.

Embaixador Ateniense
Quais aliados, minha cara? Estamos com tesão.
Transar não agradará
aos nossos aliados, a todos eles?

Embaixador Lacedemônio
               Aos nossos, com certeza, 1180
pelos gêmeos!

Embaixador Ateniense
Sim, por Zeus, até aos Carístios.

Dissolvetropa
Bem falado. Agora tratem de se purificar,
de modo que nós, mulheres, possamos recebê-los
na cidadela com o que temos em nossas cestas.
Ali, façam juras e promessas uns aos outros, 1185
e, então, cada um de vocês pega a sua mulher
e vai embora.

Duas comédias

Embaixador Ateniense
Ora, vamos, rápido!

Embaixador Lacedemônio
Leve-nos para onde quiser.

Embaixador Ateniense
Sim, por Zeus, leve-nos bem rápido!

Coro
Dos meus tapetes estampados, mantos de lã,
vestidos da cor do açafrão
e jóias, quantas eu possua, 1190
não recuso ceder o uso a todas as crianças e
por ocasião de uma filha ser canéfora.
Convido todos a se servirem das minhas
coisas, as lá de dentro, e não há nada assim tão bem selado
que não se possa romper os selos
e levar o quanto esteja lá dentro. 1200
Por mais que se olhe, não se verá nada, exceto se um de
[vocês
tiver um olhar mais aguçado do que o meu.

Se um de vocês não tem trigo e sustenta criados
e muitas crianças pequenas,
pode pegar em minha casa fina farinha, mas 1205/6
o meu pão de litro é a olhos vistos um rapazola.
Quem dentre os pobres queira, vá 1209/10
a minha casa com bolsas e sacos para pegar
o trigo. Meu escravo Mânio os encherá.

Lisístrata

Da minha parte, entretanto,
aconselho que não se aproxime, mas
que tome cuidado com a cadela. 1215

      EMBAIXADOR ATENIENSE (*do interior da Acrópole*)
Ei, você, abra a porta! Deixe livre o caminho!
E vocês, por que estão sentados? Será que eu devo
queimá-los com esta tocha? Isso é muito baixo.
Não, eu não o faria. Mas se não tiver outro jeito,
para agradá-los, nos daremos esse trabalho. 1220

      UM ATENIENSE
Também nós nos daremos esse trabalho com você.
Não vão sair? Lamentarão por muito tempo seus cabelos.

      EMBAIXADOR ATENIENSE
Não vão sair, para que os lacônios partam
tranqüilamente lá de dentro após terem-se regalado?

      UM ATENIENSE
Nunca tinha visto uma festa assim. 1225
Os lacedemônios estavam até mesmo agradáveis
e nós, graças ao vinho, convivas sapientíssimos.

      EMBAIXADOR ATENIENSE
Correto, porque sóbrios não somos sensatos.
Se minhas palavras convencerem os atenienses,
conduziremos sempre bêbados as nossas embaixadas a toda
                                               [parte. 1230
Hoje, se vamos a Lacedemônia

sóbrios, logo vemos com o que implicar,
de forma que o que dizem não escutamos,
e o que não dizem, isso supomos,
e não relatamos o mesmo sobre as mesmas coisas. 1235
Agora tudo estava ótimo, de forma que até mesmo se
                                                [alguém
tivesse cantado o *Telamon* quando devia cantar o *Clitágoras*
nós teríamos aprovado e jurado em falso[72].
Mas eis que esses aí voltam
ao mesmo lugar! Vão se danar, comida de chicote! 1240

Um Ateniense
É, por Zeus, porque eles já vêm lá de dentro.

Embaixador Lacedemônio
Meu caro, pegue as flautas
para que eu dance a dipodia e cante uma bela canção
para os atenienses e, ao mesmo tempo, para nós também[73].

Embaixador Ateniense
Pegue então as flautas, em nome dos deuses, 1245
porque eu gosto de vê-los dançar.

Embaixador Lacedemônio
Envia a esse jovem,
Mnêmone, a sua
Musa, a que me conhece e
aos atenienses quando em Artemísion, 1250/1
impelidos pelos deuses, atacavam
os lenhos e venciam os Medos, e a nós, por nossa vez,
                                                [Leônidas

conduzia, como a javalis, penso, 1255
de dentes afiados – muita
espuma florescia em volta dos maxilares
e, ao mesmo tempo, muita escorria do alto das pernas[74].
Os Persas não eram menos 1260
numerosos que os grãos de areia.
Caçadora mata-feras,
venha aqui, deusa virgem,
para as tréguas,
para que nossa reunião dure muito. 1265
Que nossa amizade prospere
graças aos nossos acordos, e que ponhamos
um fim às astúcias de raposas. 1270
Venha aqui, aqui,
ó virgem caçadora[75].

Embaixador Ateniense
Vamos, então, terminado tudo bem,
levem, lacônios, essas mulheres e essas outras,
vocês. Que cada homem fique junto de sua mulher 1275
e cada mulher junto de seu homem, e então, tendo em
                            [vista as felizes circunstâncias,
dançando para os deuses, cuidemos
de, no futuro, não mais voltar a errar.
Traga o coro, conduza as Graças,
invoque Ártemis 1280
e o seu irmão gêmeo, benfazejo
Ieio, condutor de coros; e o deus de Nisa,
que, báquico, em meio às mênades faz os olhos brilharem;
e Zeus, iluminado pelo fogo; e 1285

a sua esposa, feliz soberana;
e, em seguida, tomaremos as divindades
por testemunhas de que não se esqueceram
da amável Tranqüilidade
que a deusa Cipris produziu[76].   1290

Coro

Upa, iê, peã,
pulem para o alto, ah!,
como em uma vitória, ah!,
evoé, evoé, viva, viva![77]

Embaixador Ateniense

Ei, você, mostre uma nova canção após a outra.   1295

Embaixador Lacedemônio

Deixe ainda o Tegeto amável,
venha Musa, Lacônia, venha. Como nos convém,
celebra o deus de Amiclas
e Atena de brônzea morada
e os Tindáridas nobres,   1300
que nas margens do Eurota brincam[78].
Vamos, avance mais,
vamos saltar leve, para cantar Esparta
que se ocupa dos coros dos deuses   1305
e da batida de pés,
quando, como potrancas, as meninas
às margens do Eurota
saltam, com os pés juntos,
levantando poeira   1310

e a sua cabeleira se sacode,
como a das bacantes ao agitar o tirso e brincar.
A guia é a Filha de Leto,
casta condutora de coros, muito bela[79].   1315
Vamos, prenda a cabeleira com a mão e com os pés salte
como uma corça, marque o ritmo que ajuda os coros,
cante de novo a deusa toda guerreira, a de brônzea
                              [morada[80].

NOTAS

[1] Ritos e festas de ampla participação feminina, caracterizados por consumo excessivo de bebida, dança e êxtase religioso e associados às divindades mencionadas.

[2] As enguias do lago Copais eram o produto de origem beócia mais apreciado pelos atenienses, mas sua importação estava suspensa devido a restrições comerciais impostas pela Guerra do Peloponeso.

[3] Juramento tipicamente feminino que alude a Deméter e à sua filha Perséfone, divindades associadas à fertilidade e cultuadas sobretudo entre as mulheres.

[4] A invectiva pessoal, característica da comédia antiga, contempla tanto os notáveis, como Eurípides e Sócrates, quanto os cidadãos comuns, de quem se preservou apenas o nome. É o que acontece aqui com Teógenes, cujo nome é comum em Atenas, impossibilitando a sua identificação.

[5] No original lê-se: "Está me parecendo que o anagiro foi removido." O verso explora os homógrafos Anagiro, um dos distritos áticos e uma planta de odor desagradável. Para manter o jogo de palavras, adaptei o comentário de Lindavitória.

[6] Juramento que alude aos gêmeos Castor e Pólux, os Dioscuros, heróis de origem dórica cultuados em Esparta.

[7] Nome próprio surge em lugar do nome de uma cidade. O Eucrates mencionado é provavelmente um general corrupto que participou da campanha na Trácia naquele mesmo ano.

[8] A Guerra do Peloponeso, que opôs Atenas e Esparta e seus respectivos aliados, teve início em 431 a.C. e no momento em que a peça foi representada, 411 a.C., já durava, portanto, vinte anos.

[9] O Tegeto era uma cadeia montanhosa situada a sudeste de Esparta.

[10] No original lê-se: "Posídon e cesta de exposição", uma referência à sedução de Tiro pelo deus e posterior abandono de Pélias e Neleu, nascidos dessa união, tema tratado por Sófocles na tragédia intitulada *Tiro*.

[11] Alusão a *Andrômaca*, de Eurípides, em que Peleu censura Menelau por ter desistido de castigar sua esposa infiel ao contemplar seus seios (vv. 629 ss.).

[12] Provavelmente esse Ferécrates é o comediógrafo contemporâneo de Aristófanes. O dito a ele atribuído indica que o que está feito, está feito e é inútil tentar mudar. Há também uma referência ao consolo (cf. v. 109), que era feito de couro, e à masturbação, já que "cadela" designava os órgãos sexuais femininos.

[13] Escravos originários da Cítia que, devido a sua habilidade como arqueiros, eram empregados em Atenas na força policial (cf. vv. 433 ss.). Não havia mulheres nessa função, daí a graça dessa passagem, em que Dissolvetropa chama uma guardiã Cita para auxiliá-la nos preparativos para o juramento que sela o complô feminino.

[14] De forma característica da comédia, Dissolvetropa atribui a Ésquilo uma ação que tem lugar em uma de suas tragédias (cf. *Sete contra Tebas*, vv. 42 ss.).

[15] Castor é um dos Dióscuros, heróis cultuados em Esparta (cf. nota 6).

[16] Licos, um conhecido político demagogo, tinha por mulher Ródia, alvo constante dos comediógrafos por sua devassidão.

[17] Deméter é uma divindade associada às mulheres e, portanto, soa estranho que os homens jurem por ela, especialmente quando planejam atacar o sexo oposto. De fato, esse juramento só é encontrado na comédia.

[18] Cleomenes, rei de Esparta, ocupou a Acrópole instado pelos oligarcas atenienses em 508 a.C.

[19] A misoginia era um traço constitutivo de Eurípides para os comediógrafos (cf. *As tesmoforiantes*).

[20] Tetrápolis era a confederação formada por quatro cidades da Ática que ergueu em Maratona um monumento para celebrar a vitória sobre os invasores persas em 490 a.C.

[21] Devido a seus vulcões, a ilha de Lemnos era considerada sede do culto de Hefesto, o deus do fogo e da forja. A menção a Lemnos também alude à rebelião feminina, já que há um mito que narra como as mulheres

dessa ilha, depois de repudiadas por seus maridos, executaram todos os homens por vingança.

[22] Samos, ilha do Egeu aliada de Atenas, abrigava a frota ateniense, que jocosamente é convidada a sair da inatividade e a dar uma mãozinha aos velhos.

[23] O epíteto "Tritogênia" designa Palas Atena já na *Teogonia* de Hesíodo e alude, provavelmente, ao local de nascimento da deusa, o lago Tritonis na Líbia.

[24] Búpalos, um escultor do século VI a.C., é ameaçado com um soco no olho nos jambos de Hiponax.

[25] "Delegado" verte o termo grego Próbulo, que designa os conselheiros da cidade, escolhidos após a derrota da expedição siciliana para tomar medidas emergenciais em momentos de crise.

[26] O culto a Sabázios, divindade de origem frígia, envolve iniciação e era associado ao de Dioniso; no de Adônis, as mulheres lamentavam a morte do amado de Afrodite cultivando jardins sazonais nos telhados de suas casas.

[27] Enquanto o orador Demóstratos defendia a expedição à Sicília nos debates de 415 a.C., as mulheres atenienses lamentavam a morte de Adônis, o que mais tarde foi interpretado como um sinal de mau agouro. Para o Delegado, esse fato exemplifica o que pode acontecer quando os homens perdem o controle sobre suas mulheres.

[28] Pândroso era uma das filhas de Cécrops, um dos reis míticos da Ática. Cultuada na Acrópole, acreditava-se ter sido pioneira no uso do fuso e da roca.

[29] "Portadora da Luz" é epíteto tanto de Ártemis quanto de Hécate, divindade lunar associada à magia. É mais provável que seja essa última divindade, cujo altar ficava na Acrópole, a invocada pelas mulheres nessa passagem.

[30] "A deusa da Taurida" é Ártemis, divindade igualmente cultuada na Acrópole num recinto alusivo às Braurônias (cf. vv. 644/45).

[31] Crânaos, um dos reis míticos de Atenas, foi o sucessor de Cécrops. "Cidadela de Crânaos" designa a Acrópole.

[32] Pisandro é um político envolvido com as escaramuças que visavam tornar instável a democracia ateniense e instalar um regime oligárquico,

o que acaba por acontecer de fato alguns meses após a representação da peça.

[33] O contato com a urtiga causa irritação na pele e, por isso, a planta serve de metáfora para as mulheres revoltosas.

[34] Os Coribantes participam do cortejo de Cibele, deusa de origem frígia cujo culto se dá por meio de danças orgiásticas marcadas pelo som das flautas e dos tambores.

[35] A Górgona, ser monstruoso de cabelos de serpente, presas de javali e olhar petrificante, constituía um emblema recorrente nos escudos. Em outra comédia, Aristófanes associa esse escudo ao soldado fanfarrão (cf. *Acarnenses*, vv. 574 e 1124), o que parece ser bem o caso aqui.

[36] Tereu, o rei trácio que desposa Procne, filha de um rei ateniense, deflora sua irmã Filomela e mais tarde é transformado em uma ave, uma poupa, pelos deuses; é personagem de outra comédia de Aristófanes, *As aves*. Aqui ele é citado por ter a mesma nacionalidade do mercenário que espalha o horror pelo mercado.

[37] Caronte é o barqueiro do mundo infernal, a quem cabia transportar os mortos de uma margem a outra do Aqueronte.

[38] Hípias, juntamente com seu irmão Hiparco, sucedeu a seu pai Pisístrato como tirano de Atenas em 528 a.C. O governo dos Pisístratas era benquisto em geral até o assassinato de Hiparco em 513 a.C. Nos anos subseqüentes, Hípias adotou medidas duras com o objetivo de reprimir outros atos conspiratórios, perdendo o apoio popular. Finalmente, em 510 a.C., é derrubado pelos Alcmeônidas, aliados aos espartanos. "Tirania de Hípias" é também uma expressão usada para designar a posição sexual em que a mulher se coloca sobre o homem e o conduz como o cavaleiro ao cavalo – o nome Hípias é derivado de *hippos*, cavalo, metáfora para o pênis (cf. Henderson, 1991, §§ 274, 277).

[39] A passagem joga com a homonímia entre o Clístenes Alcmeônida, que negociou o apoio dos espartanos, e o contemporâneo de Aristófanes, freqüentemente ridicularizado nas comédias por seus trejeitos efeminados, o que o torna um aliado natural das mulheres (cf. *As tesmoforiantes*, vv. 574 ss.).

[40] Aristogíton foi cúmplice de Harmódio no atentado contra os Pisístratas que resultou na morte de Hiparco. A menção ao "punhal no ramo de

mirto" diz respeito ao disfarce que adotaram para as armas de modo que lhes fosse permitido aproximarem-se do tirano durante a celebração das Panatenéias, festividades em honra de Atena, padroeira da cidade. Os tiranicidas foram mortos em decorrência do episódio, mas após a queda da tirania tornaram-se heróis nacionais, sendo-lhes consagradas estátuas na ágora, cuja pose o coro masculino procura imitar.

[41] O coro feminino alude a uma série de obrigações rituais cumpridas pelas mulheres de Atenas. As arréforas eram selecionadas entre meninas de sete a onze anos das principais famílias da Ática para, a cada ano, permanecerem cerca de oito meses na Acrópole supervisionando a tarefa de outras meninas – encarregadas de tecer o manto para Atena –, e submetendo-se, por todas as demais, a rituais iniciatórios da puberdade. Outras meninas eram moleiras e se dedicavam a preparar os bolos consagrados a Atena, a fundadora, ou, segundo outros, a Deméter. As Braurônias eram festas em honra a Ártemis celebradas em Brauron, localidade da Ática. Nelas, meninas de cinco a dez anos executavam danças de caráter iniciatório, por vezes nuas, por vezes disfarçadas de ursas, um dos animais consagrados à deusa. As canéforas eram escolhidas entre as jovens em idade de casar para levar as cestas com as oferendas nas procissões, dentre as quais a principal acontecia durante as Panatenéias.

[42] Durante os períodos de guerra, as cidades constituíam fundos de reserva destinados à sua defesa. As Guerras Médicas ou Persas se deram no início do século V a.C., quando Dario e seu filho Xerxes invadiram por duas vezes o território grego. As batalhas decisivas foram travadas nas proximidades de Atenas, nas localidades de Maratona (490 a.C.) e Salamina (480 a.C.), e resultaram na expulsão do exército bárbaro.

[43] Lipsídrion é uma localidade situada na encosta do Monte Parnes onde os Alcmeônidas e seus aliados foram sitiados pelas tropas de Hípias. Embora o sentido preciso não possa ser estabelecido, a expressão "pés-brancos" provavelmente alude à falta de calçados dos coreutas.

[44] Artemísia, rainha de Halicarnaso, aliou-se a Xerxes na expedição contra a Grécia. Os verbos combater e navegar têm conotação sexual, designando o ato de colocar-se sobre o parceiro (cf. Henderson, 1991, §§ 263, 267, 270).

[45] Os cavaleiros eram uma tropa de elite ateniense. Ao louvar a habilidade das mulheres na equitação, o coro elogia também sua performance se-

xual, já que, como no verso anterior, a imagem se aplica a quem se coloca sobre o parceiro (Henderson, 1991: §§ 274, 277).

[46] Micon foi, juntamente com Polignoto, o maior nome da pintura grega da primeira metade do século V a.C. Foi encarregado por Címon de prover de murais os principais edifícios públicos de Atenas. A vitória de Teseu sobre as Amazonas, mulheres lendárias que guerreiam em pé de igualdade com os homens, era um tema da predileção dos atenienses por reafirmar a superioridade da cidade e do sexo masculino. Motivos inspirados nessa lenda decoravam prédios importantes como o Partenon, o Teseion e a Stoa Poikile.

[47] Em grego, a expressão usada para indicar a raiva que as mulheres nutrem pelos homens é "soltar a javalina", já que o javali é considerado um animal irascível (cf. Taillardat, 1965: §§ 373 e 387). Adaptei para "soltar as cachorras", expressão análoga em português – a irritação das mulheres é tanta que elas se recusam até mesmo a empregar o gênero masculino. Henderson (1991, § 114) observa que javalina, assim como porca ou leitoa, designa a vagina, de modo que a passagem assume também uma forte conotação sexual.

[48] Dentre as fábulas de Esopo está a da águia e o escaravelho. Uma águia ignora os pedidos de um escaravelho para deixar de perseguir uma lebre. Para vingar-se, o inseto passa a derrubar os ovos do pássaro para fora do ninho, quebrando-os. Zeus, disposto a ajudar a ave que lhe é consagrada, recolhe alguns ovos e os deposita em seu colo. O escaravelho faz uma bola de lama e a lança em direção ao deus que, para desviar-se, levanta-se e deixa cair os ovos. Assim, a águia conclui que a vingança é eficaz para os fracos e para os poderosos, de modo que ninguém deve menosprezar a capacidade de outro tendo por base apenas o seu tamanho.

[49] Orsílaco é apontado pelo escoliasta como o dono de um bordel em Atenas.

[50] Ilítia é a divindade que assiste ao parto.

[51] O recém-nascido era introduzido ao lar e apresentado formalmente aos familiares durante uma cerimônia conhecida por *amphidromia*, que ocorria cinco ou sete dias após o parto.

[52] Acreditava-se que a Acrópole era guardada por uma serpente, alimentada com tortas de mel pela sacerdotisa de Atena Polia.

[53] O grande feito heróico de Melânio foi o de ter vencido a reticente Atalanta em uma corrida, obtendo assim o direito de desposá-la. Curiosamente, o coro dos velhos transforma o jovem herói no espelho de sua amada – que havia jurado manter-se casta – e ignora sua união, manipulando o mito segundo seu interesse ou apresentando uma versão pouco conhecida dele.

[54] Mironides e Fórmio destacaram-se entre os atenienses por seus feitos militares e eram freqüentemente louvados pelos comediógrafos. A expressão "cu negro", ou seja, peludo, alude à masculinidade e força; a ausência de pêlos, em contraposição, é indício de efeminação.

[55] Quer figura histórica, quer lendária, Timon é o arquétipo do misantropo, a ponto de ser considerado aqui como descendente das Eríneas, divindades, justamente temidas por sua cólera, encarregadas de punir o derramamento do sangue familiar – entre os romanos, eram chamadas Fúrias.

[56] Trepásio apresenta-se como originário da Peônida, um pequeno distrito ático, cujo nome evoca o verbo *paiein*, fazer amor.

[57] A Clepsidra é a fonte localizada num dos flancos da Acrópole a cujo banho se atribui a restauração da virgindade de Hera.

[58] Embora Héracles seja o glutão arquetípico, sua decepção diante de uma refeição prometida e depois negada ou sucessivamente postergada é um *topos* cômico recorrente.

[59] Vulverina traz perfume ródio em vez do ateniense, superior.

[60] No original, Raposão é Cão-raposa, um híbrido de cachorro e raposa, imagem de cinismo e esperteza, respectivamente. Era apelido de Filóstratos, um cafetão ateniense.

[61] A Gerúsia ou Conselho dos Anciãos era a instância política espartana composta por 28 cidadãos influentes e os dois reis. Os prítanes eram os delegados das dez tribos encarregados de formar o Conselho em Atenas, cujo número de membros alcançava quinhentos.

[62] Conísalo é uma divindade fálica associada a Príapo.

[63] Pã é uma divindade lasciva e itifálica, capaz de induzir a ereções e loucura.

[64] Tricorúsio designa o habitante do demo Tricorito, na Ática. A região, pantanosa, era abundante em insetos.

65 A idéia de que a mulher é um mal necessário já está presente em Hesíodo (*Os trabalhos e os dias*, v. 58). Esse verso é, provavelmente, uma paródia de Arquíloco ou de Sussarion. Em *As tesmoforiantes*, vv. 785 ss., as mulheres apresentam sua defesa.

66 Caristos, cidade eubéia aliada de Atenas, enviara recentemente trezentos de seus cidadãos em apoio ao golpe oligarca dos Quatrocentos.

67 Sobre Clístenes, cf. v. 621 e n. 39.

68 Citação da tragédia *Melanipe, a sábia*, de Eurípides, da qual restam apenas alguns fragmentos.

69 Citação da tragédia *Erecteu*, de Eurípides, que não chegou até nós.

70 Em 464 a.C. um grande terremoto associado a uma revolta dos hilotas levou os lacedemônios a pedirem a intervenção de Atenas. Címon, notável general ateniense e simpático aos espartanos, liderou as tropas que foram a Messênia, cujo número de integrantes foi, entretanto, bem inferior ao estimado por Dissolvetropa.

71 Os espartanos, atendendo a um apelo dos Alcmeônidas, sitiaram Hípias e seus aliados tessálios na Acrópole, tornando-se um dos principais fatores da queda da tirania em Atenas.

72 *Telamon* e *Clitágoras* eram canções de banquete populares em Atenas e que, aparentemente, deviam ser executadas numa ordem predeterminada.

73 A dipodia é uma dança lacedemônia.

74 São celebrados dois feitos das Guerras Médicas, ambos datados de 480 a.C., a vitória naval dos atenienses sobre os persas em Artemísion e a resistência heróica do general espartano Leônidas e seus homens no desfiladeiro das Termópilas.

75 "Virgem, caçadora" e "mata-feras" são epítetos da deusa Ártemis, cujo culto também está associado à vitória ateniense sobre os persas em Maratona, datada de 490 a.C.

76 Várias divindades são aqui mencionadas por seus epítetos, locais de culto ou parentesco sem serem, no entanto, nomeadas. São elas: Apolo, irmão gêmeo de Ártemis e invocado pelo grito de iê; Dioniso, deus nascido em Nisa, montanha situada ora na Ásia, ora na África; Hera, esposa e irmã de Zeus; Afrodite, deusa cultuada em Chipre.

[77] Em resposta à invocação do embaixador ateniense, o coro usa as interjeições associadas a Ieio/Apolo (iê, peã) e a Dioniso (evoé).

[78] Amiclas é uma cidade próxima de Esparta, sede de um templo de Apolo. Os Tindáridas, isto é, filhos de Tíndaro, são outra designação para os Dióscuros, Castor e Pólux. O Eurota é o principal rio da Lacônia.

[79] Helena, filha de Leto e de Zeus, é irmã dos Tindáridas. Em Esparta, seu culto estava associado aos ritos de puberdade femininos.

[80] "A de brônzea morada" é o epíteto com que Atena era cultuada em Esparta (cf. v. 1299).

AS TESMOFORIANTES

*As Tesmoforiantes**

Personagens

Parente
Eurípides
Criado
Agatão
Uma Mulher
Coro
Mica
Outra Mulher
Corifeu
Clístenes
Autoridade
Arqueiro

---

* Texto grego estabelecido por Victor Coulon para Aristophane. *Les Thesmophories. Les Grenouilles.* Paris: Les Belles Lettres, 1991 (1ª edição 1928). Também foi consultada a edição de Alan H. Sommerstein, *Aristophanes: Thesmophoriazusae*. Warminster: Aris & Phillips, 2001 (1ª edição 1994).

PARENTE
Ó Zeus, será que a andorinha virá um dia?
Esse homem ainda vai me matar, andando para lá e para cá,
desde o raiar do sol!
Antes que eu bote completamente os bofes para fora,
posso perguntar para onde você está me levando, Eurípides?

EURÍPIDES
Mas você não precisa ouvir tudo quanto em um instante   05
verá com os próprios olhos.

PARENTE
O quê? Repita!
Eu não preciso ouvir?

EURÍPIDES
O que você vai ver, não.

PARENTE
Também não preciso ver?

EURÍPIDES
O que você deverá ouvir, não.

PARENTE
Que conselho está me dando? No entanto, tem talento para
[falar.
Não está falando que não preciso ouvir nem ver?   10

EURÍPIDES
Difere a natureza de cada uma dessas ações.

PARENTE
O não ouvir e o não ver?

EURÍPIDES
Pode ter certeza.

PARENTE
Difere como?

EURÍPIDES
Eis como essas ações tornaram-se distintas um dia:
Éter, quando nos primórdios se separou do Caos
e em si mesmo deu à luz animais dotados de movimento,   15
para que fosse possível enxergar, primeiramente fabricou
um olho imitado ao disco do sol
e, para a audição, escavou um funil, as orelhas[1].

PARENTE
E é por causa desse funil que não ouço nem vejo?
Por Zeus, gostei de aprender mais essa!   20
Que amizade mais sábia!

EURÍPIDES
Coisas assim você aprenderia muitas comigo.

PARENTE
E será que,
além dessas coisas úteis, descobriria
uma forma de aprender a ser coxo das duas pernas?

EURÍPIDES
Venha aqui e preste atenção.

PARENTE
Estou aqui.

EURÍPIDES
Você está vendo essa portinhola?

PARENTE
Por Héracles, e não é que estou?!
Ao menos, assim creio.

EURÍPIDES
Silêncio!

PARENTE
Calo a portinhola.

EURÍPIDES
Ouça!

Parente
Ouço e calo a portinhola.

Eurípides
Acontece que lá dentro mora o ilustre Agatão,
o tragediógrafo².

Parente
Como é esse Agatão? 30
Sei de um Agatão... Será o bronzeado, o musculoso?

Eurípides
Não, é outra pessoa.

Parente
Então nunca vi mais gordo.
Não será o barbudo?

Eurípides
Nunca viu?

Parente
Não, por Zeus! Não que eu saiba.

Eurípides
E, no entanto, você já o comeu, mas talvez não saiba disso. 35
Vamos nos agachar lá longe porque
lá vem um de seus criados trazendo fogo e mirta
para sacrificar, ao que parece, à poesia.

Criado

Que toda a gente silencie
e mantenha fechada a boca, pois   40
habita o interior da casa de meu senhor
um tíaso de Musas a compor³.
Que o Éter sereno segure seu sopro,
que a onda do glauco mar não
retumbe...

Parente
Bombástico!

Eurípides
Silêncio! O que ele está dizendo?   45

Criado
Que a raça alada adormeça,
que os pés dos animais selvagens que percorrem as matas
não se desatem.

Parente
Duplamente bombástico.

Criado
Pois ele, Agatão de belos versos, nosso chefe,
está em vias de...

Parente
Dar o rabo, talvez?   50

CRIADO
Quem falou isso?

PARENTE
O sereno Éter.

CRIADO
...colocar as escoras, fundações de um drama.
Verga novos aros dos versos,
outros torneia, outros ainda cola
e forja frases, emprega antonomásias,   55
modela, arredonda,
despeja no molde...

PARENTE
E dá para todo mundo.

CRIADO
Que rústico se aproxima deste recinto?

PARENTE
Um que, no seu recinto
e no do poeta de belos versos,   60
este pau aqui, depois de tê-lo arredondado e friccionado,
está pronto a verter no molde.

CRIADO
Aposto que jovem, velho, você era um tarado.

EURÍPIDES
Amigo, deixe-o em paz! E você,
traga-me aqui Agatão, de qualquer maneira. 65

CRIADO
Não suplique mais. Ele, em pessoa, está para sair logo,
pois inicia a composição de um canto. Como é inverno,
vergar as estrofes não é tarefa fácil,
se não sair porta afora em direção ao sol.

EURÍPIDES
O que eu devo fazer?

CRIADO
Aguarde, porque ele está saindo. 70

EURÍPIDES
Ó Zeus, que pensas fazer de mim hoje?

PARENTE
Pelos deuses, eu quero saber
qual é o problema. Por que você geme? Por que se
[impacienta?
Somos parentes, não precisa esconder nada.

EURÍPIDES
Um grande mal está em preparo contra mim. 75

PARENTE
Qual?

Eurípides
No dia de hoje, julgarão
se ainda vive ou se está morto Eurípides.

Parente
E como? Já que hoje nem os tribunais
vão julgar, nem há sessão do Conselho
porque é o segundo dia das Tesmofórias[4]. 80

Eurípides
Por isso mesmo, antevejo a minha morte.
As mulheres conspiram contra mim
e hoje, no templo das Tesmóforas, vão participar
de uma assembléia sobre mim, visando à minha ruína.

Parente
E por que isso?

Eurípides
Porque eu as ponho nas minhas tragédias e delas falo mal. 85

Parente
Por Posídon, você receberia o que merece!
Mas que trama você bolou para sair dessa situação?

Eurípides
Persuadir Agatão, o tragediógrafo,
a ir até o templo.

Parente
Fazer o quê? Me diga.

EURÍPIDES
Participar da assembléia em meio às mulheres e, se preciso, 90
falar em meu favor.

PARENTE
Às claras ou em segredo?

EURÍPIDES
Em segredo, vestido com roupa de mulher.

PARENTE
A coisa é bem bolada e é mesmo a sua cara.
Pelo ardil, o prêmio é nosso!

EURÍPIDES
Silêncio!

PARENTE
O que há?

EURÍPIDES
Agatão está saindo. 95

PARENTE
E onde está ele?

EURÍPIDES
Onde? É aquele sobre o enciclema[5].

PARENTE
Mas será que estou cego? Não vejo
nenhum homem lá, mas vejo Cirene[6].

Eurípides
Silêncio! Ele se prepara para cantar.

Parente
Trilhas de formigas ou que tipo de lamúria?

Agatão[7]
(*à maneira do líder do coro*)
Recebei a sagrada tocha
das deusas ctônicas e, com o coração
livre, moças, dançai aos gritos[8].

(*à maneira do coro*)
Para quem dentre as divindades esse cortejo?
Dize-o. Sou de fácil persuasão
para venerar as divindades.

(*à maneira do líder do coro*)
Vamos, Musas, invocai
o lanceiro de áureos arcos,
Febo, que fundou os recintos
territoriais no país do Simoente[9].

(*à maneira do coro*)
Alegra-te com os mais belos cantos,
Febo e, entre honras musicais,
o prêmio sagrado ofertas.

(*à maneira do líder do coro*)
E a virgem das montanhas que geram carvalhos,
Ártemis caçadora, cantai.

As tesmoforiantes

(*à maneira do coro*)
Sigo-te invocando a augusta,
e alegrando o rebento de Leto,
Ártemis inexperiente no leito.

(*à maneira do líder do coro*)
E a Leto e a batida da cítara asiática,   120
cujo ritmo irregular e a cadência é marcada pelo pé,
por um sinal de cabeça das Graças Frígias.

(*à maneira do coro*)
Venero Leto soberana
e a cítara, mãe dos hinos
compatíveis com os timbres masculinos.   125

(*à maneira do líder do coro*)
Sua luz jorrou nos divinos
olhos e através de nosso rosto
fugaz. Graças a isso,
honra o senhor Febo.

(*à maneira do coro*)
Graças, ó filho afortunado de Leto!

Parente
Que doce canção, ó soberanas Genetílides[10]!   130
E também efeminada, uma carícia com a língua,
lasciva, de modo que, ao ouvi-la,
sinto cócegas no assento.
E a você, rapazinho — se é que é um — à maneira de Ésquilo,

na *Licurgia*, quero interrogar[11].   135
De onde vens, mulherzinha? Qual é a tua pátria? Que vestimenta é essa?
Que perturbação é essa da vida? O que diz a lira
à veste da cor do açafrão? E a pele de animal à redinha de
                                      [cabelo?
Por que um vidrinho de ungüentos e um corpete? Não
                                      [combina.
O que têm em comum um espelho e um punhal?   140
E você mesmo, menino, será que é criado como homem?
Então, cadê o seu membro? Cadê o manto? Cadê suas
                                      [sandálias lacônicas?
Ou será como mulher? Mas cadê as mamas?
O que tem a dizer? Por que silencia? Devo então procurar as
                                      [respostas
na sua canção, já que você mesmo não quer falar?   145

AGATÃO
Ancião, ancião, ouvi a censura advinda
da inveja, mas não demonstrei minha dor.
Eu uso as roupas de acordo com minha disposição.
Um poeta deve estar de acordo com as peças
que compõe e comportar-se de acordo com elas.   150
Por exemplo, sempre que se compõe peças sobre mulheres,
deve-se fazer o corpo participar de sua natureza.

PARENTE
E então você cavalga, sempre que faz uma Fedra[12]?

AGATÃO
Mas sempre que se compõe sobre homens, no corpo

tem-se o necessário. Aquilo que não temos, 155
isso a imitação captura.

PARENTE
Quando fizer sátiros, me chame
para que eu colabore contigo por trás, em ereção[13].

AGATÃO
Além disso, é desconcertante ver um poeta
rude e peludo. Repare que 160
o famoso Íbico, Anacreonte de Téos
e Alceu, os que tornaram a harmonia suculenta,
usavam mitra e eram efeminados à maneira jônica[14].
E Frínico — deste com certeza você ouviu falar —,
ele próprio era belo e vestia-se bem, 165
por isso também eram belas as suas peças[15].
É uma necessidade, portanto, compor conforme a própria
                                          [natureza.

PARENTE
Por isso Fílocles, que é horrível, compõe horrivelmente,
Xénocles, que é mau, compõe mal
e ainda Teógnis, que é frio, compõe peças frias[16]. 170

AGATÃO
Necessidade absoluta. Sabendo então disso,
eu cuidei de mim mesmo.

PARENTE
Como, pelos deuses?

Eurípides
Pare de latir! Também eu era tal qual
quando, na sua idade, comecei a compor.

Parente
Por Zeus, não invejo a sua formação! 175

Eurípides
Mas as coisas pelas quais vim, deixe que eu fale.

Parente
                Então fale!

Eurípides
Agatão, *o homem sábio é quem em breves palavras
é capaz de resumir bem um grande discurso*[17].
Eu, golpeado por um desastre inusitado,
como suplicante vim até você.

Agatão
        Precisando do quê? 180

Eurípides
As mulheres pretendem me matar hoje,
nas Tesmofórias, porque delas falo mal.

Agatão
E em que podemos ser útil a você?

Eurípides
Em tudo. Se tomar assento secretamente
em meio às mulheres, já que parece ser mulher, 185

e me defender, com certeza me salvará.
Somente você poderia falar de maneira digna de mim.

AGATÃO
Bem, então, por que você não se apresenta e se defende em
[pessoa?

EURÍPIDES
Eu vou explicar. Eu, em primeiro lugar, sou conhecido,
e depois sou grisalho e tenho barba. 190
Você, no entanto, tem um belo rosto, a pele alva, é
[barbeado,
tem voz de mulher, modos delicados, boa aparência.

AGATÃO
Eurípides...

EURÍPIDES
Sim?

AGATÃO
É seu este verso:
Gostas de ver a luz, mas não te parece que o teu pai também goste[18]*?*

EURÍPIDES
É meu mesmo.

AGATÃO
Não deve esperar então que nós suportemos 195
o seu mal. Só se estivéssemos loucos.

Ao contrário, os seus problemas, você mesmo deve
[resolvê-los.
Não é justo suportar os infortúnios
com artifícios, mas passivamente.

PARENTE
Com toda a certeza você, seu cuzão, dá o rabo   200
não com palavras, mas passivamente.

EURÍPIDES
Por que você tem medo de ir até lá?

AGATÃO
Eu sofreria uma morte ainda pior do que a sua.

EURÍPIDES
Como?

AGATÃO
Como?
Porque pareço roubar das mulheres os trabalhos noturnos
e furtar a Cípris feminina[19].   205

PARENTE
Veja só, roubar! Por Zeus, dar o rabo, isso sim!
No entanto, por Zeus, a alegação é verossímil!

EURÍPIDES
E então? Fará isso por mim?

AGATÃO
Não conte com isso.

Eurípides
Ó triplamente infeliz! Estou morto!

Parente
Eurípides,
meu querido, meu parente, não se entregue. 210

Eurípides
E como farei então?

Parente
Este aí,
mande que vá se danar; mas quanto a mim, me pegue e faça
[comigo o que quiser.

Eurípides
Vamos, já que você mesmo se entrega a mim,
dispa este manto.

Parente
Já está no chão.
Mas o que você pretende fazer comigo?

Eurípides
Raspar aqui 215
e queimar lá embaixo[20].

Parente
Ora faça, se lhe agrada.
Se não, eu não deveria ter me oferecido.

Eurípides
Agatão, com certeza você sempre tem uma navalha consigo.
Empreste-nos então uma.

Agatão
Pegue você mesmo
ali dentro do estojo.

Eurípides
Quanta gentileza! 220
Sente. Infle a bochecha direita.

Parente
Ai, ai!

Eurípides
Por que estes gritos? Vou enfiar um prego em você,
se não ficar calado.

Parente
Ai, ai, ui, ai, ui!

Eurípides
Você aí, aonde vai com essa pressa?

Parente
Para o templo das deusas augustas[21].
Por Deméter, não vou ficar aqui 225
para ser fatiado.

EURÍPIDES
E não ficará ridículo
com metade da cara raspada?

PARENTE
Pouco me importa.

EURÍPIDES
Pelos deuses,
não me traia de jeito algum. Volte aqui.

PARENTE
Pobre de mim!

EURÍPIDES
Não trema e erga a cabeça. Para onde vira o rosto? 230

PARENTE
Hum, hum!

EURÍPIDES
Para que esse hum, hum? Tudo acabou bem.

PARENTE
Ai, ai, pobre de mim! Vou lutar como soldado raso!

EURÍPIDES
Não se preocupe. Você está com uma ótima aparência.
Quer se olhar?

Parente
Se lhe agrada, vamos lá.

Eurípides
Está se vendo?

Parente
Não, por Zeus! Vejo Clístenes[22].

Eurípides
Levante e, para que eu possa queimá-lo, fique inclinado.

Parente
Ai, ai, pobre de mim! Vou virar um leitãozinho!

Eurípides
Tragam-me lá de dentro uma tocha ou uma lamparina!
Dobre-se e cuidado com o rabo, com a pontinha.

Parente
Eu cuidaria, por Zeus, se não fosse por já arder em brasa.
Ai, ai, que dor! Água, água, vizinhos,
antes que os meus baixos sejam tomados pelas chamas!

Eurípides
Coragem!

Parente
Coragem? Quando sou consumido pelo fogo?

As tesmoforiantes

Eurípides
Mas os seus problemas já acabaram. O pior
já passou.

Parente
        Cof! Ui, ui, que fuligem!   245
Meus baixos estão todos queimados!

Eurípides
Não ligue. Sátiro vai passar uma esponja aí.

Parente
Ele vai chorar, isso sim, se vier lavar o meu rabo.

Eurípides
Agatão, já que você se recusa a se entregar por inveja,
ao menos empreste-nos um manto para o meu amigo aqui   250
e também um corpete. Não pode dizer que não os tem.

Agatão
Peguem e façam bom proveito, não sou invejoso.

Parente
                Devo pegar o quê?

Eurípides
O quê? Pegue e vista primeiro o manto cor de açafrão.

Parente
Por Afrodite, exala um aroma suave de rola!
Depressa, vista-me! Passe o corpete!

EURÍPIDES
Tome. 255

PARENTE
Vá, ajeite bem ao redor das pernas.

EURÍPIDES
Ele precisa de uma rede de cabelo e de uma faixa.

AGATÃO
Eis aqui a touca que eu uso à noite.

EURÍPIDES
Por Zeus, é perfeita!

PARENTE
Mas vai ficar bem em mim?

EURÍPIDES
Por Zeus, está excelente! 260
Traga uma capa.

AGATÃO
Pegue uma em cima do divã.

EURÍPIDES
Ele precisa de sandálias.

AGATÃO
Pegue as minhas aqui.

PARENTE
Mas vai ficar bem em mim? Você não gosta de sapato folgado.

AGATÃO
Você pode dizer isso. Bom, você já tem o que precisa,
então que me rolem para dentro o mais rápido[23]! 265

EURÍPIDES
O nosso homem aqui é também mulher,
ao menos na aparência. Se falar, trate de
ser bem mulher na voz e na persuasão.

PARENTE
Vou tentar.

EURÍPIDES
Agora vá.

PARENTE
Por Apolo, eu não. A menos que
você jure…

EURÍPIDES
O quê?

PARENTE
Não poupar recursos 270
para me salvar, se me ocorrer algum mal.

EURÍPIDES
Juro pelo Éter, morada de Zeus[24].

PARENTE
E por que não pelo casario de Hipócrates[25]?

EURÍPIDES
Juro então por todos os deuses que existem.

PARENTE
Lembre então do seguinte: *o coração jurou,* 275
mas a língua não[26]. Eu também não prestei juramento.

EURÍPIDES
Vamos logo, se apresse, que o sinal
da assembléia aparece no Tesmofórion.
E eu vou embora.

PARENTE
Aqui, Trácia, siga-me[27].
Trácia, olhe só quanta gente 280
sobe em meio à fumaça das tochas incandescentes!
Ó belíssimas Tesmóforas, recebam-me
com boa disposição tanto aqui, quanto de volta à casa.
Trácia, baixe o cesto e tire
o bolo, para que, com ele em mãos, eu sacrifique às duas
                                                                  [deusas. 285
Soberana muito honrada, Deméter querida
e Perséfone, tendo eu muito, que muitas vezes
sacrifique a ti, se eu hoje passar desapercebida.
E que minha filha de bela xoxota encontre um marido
rico, mas também tolo e palerma, 290
e, no que respeita à minha rolinha, que eu tenha atenção
                                                                   [e juízo.

Onde, onde conseguir um bom lugar para escutar
os oradores? E você, Trácia, vá para bem longe,
pois não se permite aos escravos escutar os discursos.

Uma Mulher
Silêncio seja feito, seja feito silêncio! Orem 295
às duas Tesmóforas, e a Pluto, e a Caligenia,
e à Nutriz de Jovens, e a Hermes, e às Graças, 300
que façam esta assembléia e a reunião de hoje
mais belas e excelentes, vantajosas para a cidade
dos atenienses e auspiciosas para vocês mesmas[28]. E que
[aquela que 305
agir e discursar melhor em prol do povo
de Atenas e em prol do povo das mulheres, que esta seja
[vitoriosa.
Orem por essas coisas e para o seu próprio bem. Iê peão, 310
iê peão, iê peão! Alegremo-nos!

Coro
Concordamos e à raça dos deuses
suplicamos que demonstre
seu apreço por estas preces.
Zeus de nome grandioso; e tu, o da áurea lira, 315
que deténs Delos sagrada;
e tu, virgem toda-poderosa,
glaucópida, a de áurea lança, habitante
da cidade mais disputada, vem aqui[29]!
E também a de muitos nomes, a caçadora, 320
broto de Leto, a de áureos olhos;
e tu, deus do mar, augusto Posídon,

senhor salino,
abandona o agitado abismo
piscoso; e as filhas de Nereu marinho; 325
e as Ninfas que erram pelas montanhas.
Que a áurea lira
ressoe em conjunto
com as nossas preces e que, por fim,
possa ter início a assembléia das nobres
mulheres de Atenas. 330

Uma Mulher
Orem aos deuses olímpios
e às deusas olímpias, aos pítios
e às pítias, aos délios
e às délias e aos demais deuses e deusas.
Se alguém conspirar contra o povo 335
das mulheres, ou estabelecer negociações
com Eurípides e com os Medos em prejuízo
das mulheres, ou almejar a tirania,
ou colaborar para a recondução do tirano, ou se denunciou
quem tenha um filho suposto, ou se uma escrava 340
é alcoviteira de sua dona e segredou tudo ao patrão,
ou se encarregada de dar um recado o deturpa,
ou se um amante seduz com mentiras
e não cumpre o que prometeu um dia,
ou se uma mulher velha dá presentes ao seu amante, 345
ou se uma cortesã os recebe traindo o seu amigo,
e se o dono ou a dona de um bar frauda
a medida do garrafão ou da caneca de vinho,
roguem que tenha uma má morte ele mesmo

e os seus e, para vocês, orem 350
para que os deuses dêem tudo de bom.

Coro
Oremos juntas para que por completo
para a cidade, por completo para o povo
essas preces se cumpram,
e que os melhores prêmios caibam 355
às que vencerem pela palavra. Mas quantas
trapaceiam e violam
os juramentos consagrados
visando seu lucro, em nosso prejuízo, 360
ou decretos e a lei
buscam subverter
e revelam segredos
aos nossos inimigos,
ou conduzem os Medos 365
contra esta terra, em nosso prejuízo,
cometem impiedade e injustiça contra a cidade.
Mas que tu, ó Zeus
todo-poderoso, sanciones esses votos,
de modo a que os deuses nos assistam, 370
embora sejamos mulheres.

Uma Mulher
Escutem todas. Decidiu
este Conselho das mulheres — Timoclea presidiu,
Lisila registrou em ata, Sóstrata discursou — 375
realizar uma assembléia ao raiar do segundo dia
das Tesmofórias, que é o mais folgado para nós,

e deliberar primeiro sobre Eurípides,
qual será sua pena, pois todas nós
o achamos culpado[30]. Alguém quer a palavra?

MICA
Eu.

UMA MULHER
Ponha esta coroa antes de falar. 380

CORO
Silêncio, silêncio, preste atenção! Ela já limpa a garganta
como fazem os oradores! Parece que o discurso será longo.

MICA
Caras mulheres, movida por nenhuma ambição,
me ergui para falar, juro pelas duas deusas[31]. Mas
já há muito, pobre de mim, suporto mal 385
ver-nos jogadas à lama
por Eurípides, o filho da verdureira,
ver-nos vítimas de tanta maledicência.
Qual dentre os males este homem não nos atribui?
Onde não nos caluniou? Onde quer que estejam 390
uns poucos espectadores, atores e coros trágicos,
põe-se a chamar-nos conquistadoras, taradas,
entorna-vinho, traidoras, tagarelas,
sem-juízo, desgraça maior dos maridos.
Assim, tão logo voltam do teatro, 395
olham-nos com suspeita e logo saem à cata
de um amante escondido dentro de casa.

As tesmoforiantes

Hoje, não nos deixam fazer nada
do que fazíamos antes, tais mutretas ele ensinou
aos nossos maridos. Assim, se uma mulher 400
trança uma coroa, julgam-na apaixonada, e se deixa cair
um objeto ao zanzar pela casa,
o marido pergunta: "Por quem a panela se quebrou?
Não há como não ser pelo hóspede de Corinto."[32]
Uma moça adoece, logo seu irmão diz: 405
"Não gosto nada da cor dessa menina."
Vamos! Uma mulher que não pode ter filhos
deseja fingir um parto, mas nem isso passa desapercebido.
Os maridos já ficam por perto.
E os velhos, que antes desposavam 410
as menininhas, caluniou de modo que nenhum
quer casar-se por causa deste verso:
Para noivo velho, a mulher é déspota[33].
Ainda por causa dele, lacram e trancam
os aposentos femininos 415
para nos manter vigiadas e, além disso, criam
cães de guarda, bichos-papões dos amantes.
Mas isso ainda dá para perdoar. O que antes nos
competia, administrar a casa, selecionar e pegar
a farinha, o azeite, o vinho, não nos compete 420
mais. Nossos maridos agora trazem consigo umas
[chavezinhas secretas,
de tipo lacônio, com três dentes.
Antes, podíamos ao menos abrir a porta às escondidas
usando um sinete de três óbolos, 425
mas agora este Eurípides destruidor de lares
ensinou-os a trazer atados a eles selos

corroídos por vermes. Agora, então, eu julgo ser de nosso
[interesse
de algum modo preparar o seu fim,
por meio de venenos ou de outro expediente qualquer 430
que vise a sua morte. Isso eu expus com clareza,
o resto anotarei depois com a escrivã.

Coro

Jamais ouvi mulher
mais ardilosa que esta 435
nem mais talentosa no falar.
De fato, fala tudo com pertinácia,
dispôs bem cada parte da fala,
pesou tudo em sua mente e com freqüência
encontrou argumentos variados
e criativos.
Assim se, ao lado dela, 440
falasse Xénocles, filho de Carcino,
suponho que ele pareceria
a todas vós
dizer absolutamente nada[34]. 442

Outra Mulher

Poucas palavras me trazem aqui.
As demais acusações, ela as fez bem,
mas o que eu sofri na pele, disto quero falar. 445
O meu marido morreu em Chipre
me deixando cinco filhos pequenos e eu, com muita
[dificuldade,
os alimentava, trançando coroas no mercado das flores.

Até então, bem ou mal, dava para comer,
mas agora este daí, trabalhando nas tragédias, 450
convenceu os homens de que os deuses não existem,
de modo que não vendemos mais nem a metade.
Dou agora um conselho a todas e digo
que castiguem esse homem por muitas razões:
ele, mulheres, nos agride de forma selvagem, 455
assim como foi criado em meio a hortaliças selvagens.
Mas vou-me embora para o mercado. Preciso trançar
para uns homens vinte coroas de encomenda.

Coro

Essa outra resolução
mostrou-se 460
ainda mais engenhosa que a primeira.
O quanto falou
não foi impróprio, mas dotado de bom-senso
e de espírito sagaz, e nem tão pouco
incompreensível, mas totalmente convincente.
Por estes insultos, precisamos 465
punir exemplarmente
este homem.

Parente

Que vocês, mulheres, estejam muito irritadas
com Eurípides, depois de terem escutado tamanhas ofensas,
não é de se admirar, e nem que estejam fervendo de raiva.
Eu mesma – assim me dêem meus filhos só alegrias –,
detesto aquele homem, caso contrário não estaria boa da
                                          [cabeça. 470

No entanto, entre nós, é preciso esclarecer as coisas.
Estamos sós e nada do que for dito será revelado.
Por que, se somos assim, acusamos este daí
e ficamos indignadas, se duas ou três de nossas
faltas contou, sabendo que as cometemos aos milhares? 475
A começar de mim mesma, para que eu não fale de
                                        [nenhuma outra,
sei de muitas barbaridades, e a pior delas foi
quando estava casada há três dias
e o meu marido dormia ao meu lado. Eu tinha um amante
que me desvirginou aos sete anos. 480
Ele veio cheio de tesão e ficou arranhando a minha porta.
Eu soube na mesma hora e então me levantei escondida.
Meu marido perguntou: "Aonde você vai?" "Aonde?
Me deu uma dor de barriga, marido, uma baita cólica.
Vou até a latrina." "Vá, então." 485
E enquanto ele triturava zimbro, aneto e sálvia,
eu derramei água nas dobradiças
e fui até meu amante[35]. Então me apoiei,
com o corpo curvado, junto do altar de Agieu, encostada
                                          [no loureiro[36].
E Eurípides, vejam vocês, jamais falou disso! 490
E nem que ficamos em brasas nos braços
dos escravos muleiros, se não temos outro, não falou, não.
E nem que quando transamos toda
a noite, ao raiar do sol mastigamos alho
para que o marido que volta das muralhas, ao farejar, 495
não suspeite que agimos mal. Disso, você está vendo,
ele jamais falou. Se insulta Fedra,
o que nós temos com isso? E ele também jamais falou

da mulher que, mostrando ao marido sua capa
para que ele veja seu estado à luz do sol, faz sair de casa   500
encoberto seu amante. Jamais falou.
Eu sei de outra mulher que alegava sentir as dores do parto
por dez dias, até que comprou um bebê.
O marido corria para todo lado atrás de algo que apressasse
                                                                [o parto
e uma velha traz numa panela o bebê,   505
entupido com um favo, para não chorar.
E então, a um sinal da portadora, ela começa a gritar:
"Sai já daqui, sai já daqui, marido. Acho que
vou dar à luz!" É que o bebê chutou o ventre da panela.
Enquanto ele corria todo contente, ela desentupiu   510
a boca do bebê e ele gritou.
E então a velha safada, a que trouxe o bebê,
corre sorridente até o marido e diz:
"Um leão, um leão nasceu para você, é o seu retrato,
igualzinho a você em tudo e até   515
na rola, retorcida como uma pinha."
Não fazemos essas baixezas? E então nos irritamos com
                                                                  [Eurípides,
por estarmos sofrendo nada mais do que merecemos.

Coro

    Isso é mesmo digno de admiração.   520
    De onde saiu essa peça?
    Que país viu crescer
    uma mulher tão astuciosa?
    A canalha falar essas coisas
    em público assim despudoradamente!   525

Eu não teria imaginado que, na nossa cara,
ela tivesse jamais ousado.
Mas tudo pode acontecer...
Dou razão ao antigo
provérbio: Deve-se olhar
debaixo de cada pedra
para não ser picado por um... orador[37]! 530

Corifeu
Mas não há nada pior sob todos os aspectos do que mulheres
sem um pingo de vergonha na cara, exceto outras mulheres.

Mica
Por Aglauro, mulheres, vocês não estão em seu juízo,
mas ou foram enfeitiçadas ou atingidas por um mal ainda
[maior
ao deixarem essa peste insultar assim 535
a todas nós[38]. Há algum voluntário na platéia? Se não,
nós mesmas e nossas escravas arranjaremos um punhado
[de cinza
e depilaremos sua xoxota, para que aprenda a,
mulher que é, não falar mal das mulheres daqui para a
[frente.

Parente
Não, a xoxota não, mulheres! Se existe 540
liberdade de expressão e se é permitido falar quantas cidadãs
[estamos aqui presentes,
então eu falei em defesa de Eurípides o que achava justo.
Por causa disso devo, como punição, ser depilada por vocês?

MICA
E não deve ser punida? Você que, sozinha, ousou
falar em defesa do homem que nos atacou muitas vezes, 545
encontrando palavras adequadas onde estivesse
uma mulher sem caráter, compondo Melanipes e Fedras.
[Mas Penélope
jamais compôs nenhuma, porque ela era tida uma mulher
[de bom senso³⁹.

PARENTE
Eu sei a causa. Entre as mulheres, você
não poderia citar uma única Penélope, são todas Fedras! 550

MICA
Vocês estão escutando, mulheres, como a canalha falou
de nós todas de novo.

PARENTE
E, por Zeus, eu não disse ainda
tudo que sei. Vocês querem que eu fale mais?

MICA
Você não poderia. Tudo que sabia, despejou.

PARENTE
Por Zeus, nem a décima milésima parte do que fazemos! 555
Isso, você vê, eu não falei, que pegamos os raspadores
e depois os usamos como sifões para o vinho.

MICA
Que você seja esmagada!

Parente
E nem que damos as carnes das Apatúrias às cafetinas
e depois culpamos a doninha[40].

Mica
Pobre de mim! Quanta besteira!

Parente
E nem que uma outra matou o marido com um machado, 560
não falei. E nem que com drogas uma outra enlouqueceu
                                                           [o seu
e nem que, debaixo da banheira, uma acarnense...

Mica
Que você morra!

Parente
...enterrou seu pai.

Mica
Dá para suportar uma coisa dessas?

Parente
E nem que, quando a sua escrava deu à luz um menino,
você o tomou para si e deixou com ela a sua filhinha. 565

Mica
Não, pelas duas deusas, você não vai dizer essas coisas e sair
                                                           [impune,
vou tosar a sua cabeleira!

PARENTE
Não, por Zeus, você não vai pôr as mãos em
[mim.

MICA
Então tome isso!

PARENTE
Então tome isso!

MICA
Segure meu manto, Filista!

PARENTE
Um toque somente e, por Ártemis, eu...

MICA
Vai fazer o quê?

PARENTE
Sabe a torta de gergelim que você comeu? Vou fazer você
[cagá-la! 570

CORIFEU
Chega de bate-boca. Eis que uma mulher,
apressada, corre até nós. Antes que ela chegue,
calem-se, para que saibamos calmamente dela o que tem a
[dizer.

CLÍSTENES
Minhas queridas, parentes minhas no jeito de ser,
que sou seu amigo está mesmo na cara. 575

Sou louco por mulheres e protejo vocês sempre.
E agora, tendo escutado um assunto que lhes diz respeito,
[importante,
há pouco comentado na ágora,
venho contar e avisá-las
para que fiquem atentas e cuidem de que não as atinja, 580
desprevenidas, um mal tão grave e grande.

CORIFEU
O que é, meu rapaz? É natural chamá-lo
de rapaz, já que você tem a cara lisa.

CLÍSTENES
Comenta-se que Eurípides mandou
para cá hoje um parente dele, um velho. 585

CORIFEU
Para que tarefa? Com que intenção?

CLÍSTENES
Para que das suas palavras, o que deliberem
e decidam fazer, ele seja espião.

CORIFEU
E como ele, um homem, passou desapercebido entre as
[mulheres?

CLÍSTENES
Eurípides o queimou, depilou 590
e, no mais, vestiu-o como mulher.

Parente
Vocês acreditam no que ele diz? Que homem é assim
tolo que se deixou depilar?
Eu não creio, ó duas deusas muito honradas.

Clístenes
Besteira! Eu não teria vindo avisar, 595
se não tivesse sabido de fonte segura.

Corifeu
Anuncia-se esse assunto terrível.
Ora, mulheres, não devemos ficar paradas,
mas procurar o homem e investigar onde,
desapercebido, ele tem assento escondido entre nós. 600
E você, ajude-nos a achá-lo, para que obtenha
nossa gratidão por isso e por aquilo, ó protetor.

Clístenes
Vamos ver, você é a primeira. Quem é você?

Parente
Onde se enfiar?

Clístenes
Vocês devem ser investigadas.

Parente
Estou ferrado!

Mica
Você está perguntando quem sou eu? A mulher de
[Cleônimo[41]. 605

Clístenes
Vocês sabem quem é esta mulher aqui?

Corifeu
Claro que conhecemos. Mas, fique de olho nas outras.

Clístenes
E esta aqui, que está segurando o bebê,
quem é?

Mica
É a minha ama-de-leite, por Zeus!

Parente
É o meu fim!

Clístenes
Você aí, aonde vai? Fique aqui. Qual é o problema?

Parente
Posso fazer xixi? Você é um sem-vergonha!

Clístenes
Faça então as suas necessidades. Eu espero aqui.

Corifeu
Espere aqui e olho firme nela,
homem, pois é a única que não conhecemos.

Clístenes
Quanto tempo para fazer um xixi!

PARENTE
Por Zeus, meu amigo, 615
estou com retenção urinária. Ontem comi agrião[42].

CLÍSTENES
Que agrionice é essa? Que tal vir para cá, para o meu lado?

PARENTE
Por que você está me puxando quando estou doente?

CLÍSTENES
Me diga,
quem é o seu marido?

PARENTE
É do meu marido que você quer saber?
Você conhece fulano, o de Cotoquides? 620

CLÍSTENES
Fulano? Qual?

PARENTE
É o fulano, que uma vez
com fulano, filho de fulano…

CLÍSTENES
Você parece falar bobagem.
Você já veio aqui antes?

PARENTE
Sim, por Zeus,
todo ano.

CLÍSTENES
E quem é a sua companheira de tenda?

PARENTE
A minha é fulana. Ai, pobre de mim!

CLÍSTENES
Você não diz nada que preste! 625

MICA
Afaste-se. Eu vou submetê-la a um belo interrogatório
sobre os rituais do ano passado. Você, fique longe de mim,
para que não escute, já que é homem. E você, diga-me,
qual dos rituais nos foi revelado primeiro?

PARENTE
Vamos ver, o que veio primeiro? Bebemos. 630

MICA
E depois disso, o que veio em segundo lugar?

PARENTE
Bebemos à nossa saúde.

MICA
Isso você ouviu de alguém. E em terceiro lugar?

PARENTE
Xenila pediu uma taça, pois não havia penico.

Mica
Besteira! Venha cá, Clístenes, venha!
Este é o homem de que você fala.

Clístenes
O que devo fazer? 635

Mica
Dispa-o. Não diz nada que preste.

Parente
Então você vai despir uma mãe de nove filhos?

Clístenes
Desata logo esse corpete, sua descarada.

Mica
Como aparenta robustez e força!
E, por Zeus, não tem seios, como nós. 640

Parente
É que sou estéril e nunca fiquei grávida.

Mica
Agora. Antes você era mãe de nove filhos.

Clístenes
Fique de pé direito. Aonde aí embaixo você mete o seu
[membro?

Mica
Ele despontou aqui e não é que tem um colorido bem
[bonito? Coitadinho de você.

Clístenes
Cadê ele?

Mica
De novo vai para a frente.   645

Clístenes
Não está aqui.

Mica
Está vindo de novo para cá.

Clístenes
Você possui um istmo, homem. Com mais freqüência
[do que os coríntios,
você faz a travessia de seu membro de um lado para o outro.

Mica
Seu desgraçado! Por isso, em defesa de Eurípides,
nos insultava.

Parente
Eu sou um pobre coitado,   650
em que enrascada fui me meter!

Mica
Vamos, o que devemos fazer?

As tesmoforiantes

Clístenes
Vigiem-no bem,
para que, fugindo, não se vá.
Eu vou denunciar o caso às autoridades.

Corifeu
Depois disso vamos acender nossas tochas, 655
apertar bem e virilmente nossas túnicas e tirar nossos
[mantos,
devemos investigar se, por acaso, um outro homem
[passou-nos desapercebido, percorrer
toda a Pnix e vasculhar tendas e vielas.
Vamos, em primeiro lugar devemos andar na ponta do pé
e inspecionar tudo em silêncio. Só não devemos 660
demorar, porque não é ocasião de hesitar.
Mas a primeira já devia estar fazendo a ronda o mais rápido
[possível.

Coro
Vamos, rastreie e descubra
logo se algum outro,
nestas paragens, tomou assento
desapercebido.
A toda parte lance o olhar, 665
aqui e lá
examine tudo a fundo.
Se ele, sem ser percebido, cometer um sacrilégio,
será punido e, além disso, para os demais
homens será
exemplo contra o ultraje, os atos criminosos, 670
os costumes ateus.

Dirá abertamente que os deuses existem
e mostrará
a todos os homens como venerar as divindades
e cumprir com justiça atos piedosos e as leis divinas, 675
preocupando-se em praticar o bem.
E se não fizerem isso, será assim:
quando um deles for pego cometendo um ato ímpio,
ardendo de delírio, fora de si de raiva, 680
se cometer algo será possível a todos,
mulheres e homens mortais, ver com clareza
que os atos ilegais e sacrílegios 685
o deus pune imediatamente.

Corifeu
Mas parece que tudo foi inspecionado cuidadosamente
[por nós.
Não vemos nenhum outro homem assentado.

Mica
Ah! Para onde você vai? Você aí, parado!
Pobre, pobre de mim, também arrancou 690
a criança do meu peito e pôs o pé na estrada[43].

Parente
Grite. Nunca mais lhe dará a papinha,
se não me deixarem ir. Mas aqui, sobre esses ossos sacrificiais,
abatido com este cutelo, das veias sangüíneas
derramará seu sangue no altar[44].

Mica
Pobre de mim! 695

Mulheres, vocês não virão em meu socorro? *Não erguerão*
alto grito e um troféu, mas me olharão indiferentes,
enquanto do meu único filho sou privada?

Coro

Eia, aia!
Ó Moiras soberanas, por que testemunho   700
este novo prodígio?
Como tudo é ato de audácia e impudência.
Que novo ato cometeu, amigas!

Parente

Assim vou quebrar seu excesso de arrogância.

Corifeu

Isso não é terrível? Mais do que terrível?   705

Mica

Terrível mesmo, porque ele arrancou e segura a minha
[criança.

Coro

O que se poderia dizer sobre isso
quando ele faz coisas assim e não se envergonha?

Parente

E isso não é tudo.

Coro

Vindo de onde veio   710
e tendo escapado facilmente, você não dirá

que cometeu um ato tal e se esquivou,
mas será punido.

Parente
Que isso jamais venha a acontecer, desconjuro!

Coro
Quem, quem dentre os deuses imortais 715
viria até você como aliado destes atos injustos?

Parente
É em vão que vocês tagarelam. Esta aqui eu não vou soltar.

Coro
Mas, pelas duas deusas, logo talvez você não
ache graça em insultar
e dizer palavras sacrílegas. 720
Responderemos com atos ateus
aos seus, como é de se esperar.
Logo, mutante, contra o mal
avança uma sorte contrária. 725

Corifeu
Mas, com estas aqui, você devia ir buscar lenha
e tocar fogo no canalha e incinerá-lo o quanto antes.

Mica
Vamos aos gravetos, Mânia!
E eu mostrarei hoje a você um tição.

Parente
Acenda, toque fogo! E você, tire logo 730
esta veste cretense. Da sua morte, criança,
somente uma das mulheres culparei, sua mãe.
Mas o que é isso aqui? A menina virou um odre
cheio de vinho. Ela, que usava botas persas!
Mulheres, vocês que são as mais ardentes, as maiores
[esponjas, 735
porque tramam beber de tudo,
vocês, que são a felicidade dos donos de bar, mas a nossa
[tristeza,
tristeza também dos utensílios domésticos e dos novelos
[de lã.

Mica
Põe muitos gravetos, Mânia.

Parente
Põe mesmo. E você, responda-me o seguinte: 740
você afirma ter parido isso aqui?

Mica
E nove meses eu mesma
o carreguei.

Parente
Você o carregou?

Mica
Sim, por Ártemis.

Parente
Dois terços do garrafão ou o quê? Me diga.

Mica
O que você fará comigo?
Despiu, descarado, o meu bebê
que é petitiquinho.

Parente
Petitiquinho? Pequeno, por Zeus.
Qual a sua idade? Três canecas ou quatro?

Mica
Mais ou menos isso e o quanto transcorreu desde as
[Dionísias[45].
Vamos, me devolva.

Parente
Não, por Apolo que aqui está.

Mica
Então vamos queimar você.

Parente
Claro. Queimem.
Mas esta aqui será degolada agora mesmo.

Mica
Não mesmo, eu suplico. Faça de mim o que quiser,
pelo bem dela.

Parente
O amor materno é inato em você.
Mas nem por isso ela será menos degolada.

Mica
Ai, minha filha! Dê-me uma vasilha, Mânia,
para que eu recolha o sangue da minha filha. 755

Parente
Coloca-a por baixo. Eu concederei a você esta única graça.

Mica
Que você tenha uma má morte! Como é invejoso e malvado!

Parente
Esta pele aqui é da sacerdotisa.

Uma Mulher
O que é da sacerdotisa?

Parente
Isso aqui. Pegue.

Uma Mulher
Miserabilíssima Mica, quem levou sua virgindade? 760
A sua adorada criança, quem a esvaziou?

Mica
O canalha aqui. Mas já que está aqui,
vigia-o, para que, com Clístenes,
eu vá contar às autoridades o que ele fez.

Parente
Ora, vamos, que artimanha usar para me salvar? 765
O que tentar? O que inventar? O culpado,
o que me lançou nessa enrascada,
não dá as caras. Vejamos, que mensageiro
eu poderia enviar até ele? Eu sei de uma saída
tirada do *Palamedes*[46]. Como ele, escreverei 770
sobre as pás dos remos e as lançarei n'água. Mas não há
                                                [remos aqui.
De onde eu poderia tirar remos? De onde? De onde?
E se, em lugar dos remos, eu escrevesse
nessas tabuinhas aqui e as lançasse em todas as direções?
                                                [Muito melhor.
Ao menos são de madeira e também aqueles eram de
                                                [madeira. 775
    Minhas mãos queridas,
    lancem-se agora nessa tarefa promissora.
    Vamos, pranchas de tábua polida,
    recebam os traços do estilete,
    arautos das minhas aflições. Ai, ai, 780
    que aflição fazer este R!
    Adiante, adiante. O que traçar agora?
    Vão, apressem-se em todos os caminhos,
    naquele, neste. A rapidez é necessária.

Coro
Avancemos e façamos agora o nosso próprio elogio na
                                                [parábase[47]. 785
Em público, todos falam mal à beça do gênero feminino,
que somos todo o mal para os homens e que tudo de ruim
                                                [vem de nós:

discórdias, querelas, rebeliões dolorosas, tristeza, guerra.
[Ora vamos,
se somos um mal, por que vocês se casam conosco? Se é
[que de verdade somos um mal,
por que mandam que não saiamos, que não sejamos
[apanhadas com o nariz para fora?
Por que querem, com tamanha presteza, vigiar o mal? 791
E, se a mulherzinha sai para algum lugar e descobrem que
[ela está fora,
vocês são tomados de fúria, vocês que deviam libar e dar
[graças aos deuses, se verdadeiramente
descobrem que o mal está na rua e não o encontram lá
[dentro.
E, se dormimos em casa de amigas quando nos divertimos e
[estamos cansadas, 795
todos procuram por esse mal rondando em volta das camas.
E, se nos debruçamos à janela, procuram contemplar o mal,
mas se, envergonhado, ele dá um passo para trás, ainda mais
[todos desejam
ver o mal debruçar-se de novo. A tal ponto é evidente que
[nós
somos muito melhores que vocês! Há como tirar a prova. 800
Ponhamos à prova quem é o pior. Nós dizemos que são vocês
e vocês, que somos nós. Examinemos e confrontemos cada
[um,
comparando o nome de cada mulher ao de cada homem.
Que Nausímaca Carminos é pior, os fatos são claros[48].
Cleofonte, em especial, deve ser bem pior que Salabaco[49]. 805
Há muito tempo, com Aristômaca, aquela de Maratona,
e com Estratonice nenhum de vocês nem tenta guerrear.

E Eubula[50]? Algum conselheiro do ano passado, tendo
                            [entregue seu cargo,
é melhor do que ela? Nem mesmo Anito afirmaria isto[51].
Por isso nós nos vangloriamos de sermos bem melhores
                            [que os homens.   810
Nunca uma mulher, tendo roubado cinqüenta talentos do
                            [tesouro público,
iria até a acrópole num carro puxado por uma parelha. Ao
                            [contrário, se subtrai algo de monta,
roubando um cesto de trigo de seu marido, no mesmo dia
                            [o devolve.
Mas nós poderíamos apontar
muitos deles, que fazem essas coisas   815
e que, além disso, são mais glutões
do que nós e também ladrões de roupas,
bufões, mercadores de escravos.
E quanto ao patrimônio,
são piores do que nós para mantê-lo.   820
Nós temos sãos e salvos ainda hoje
o cilindro do tear, a vara, os cestinhos,
a sombrinha.
Nossos maridos, porém,
muitos deles fizeram desaparecer de casa   825
a vara com a própria lança
e, muitos outros, dos seus ombros,
nas expedições,
deixaram cair a ... sombrinha.

Nós, mulheres, teríamos o direito de lançar muitas censuras   830
aos homens e justamente, sobretudo por uma coisa, uma
                            [enormidade.

As tesmoforiantes

Seria preciso, se uma de nós desse à luz para a cidade um
                            [homem de valor,
um taxiarca ou estratego, que ela recebesse alguma honraria,
que um lugar na primeira fila lhe fosse dado nas Estênias e
                            [nas Ciras,
bem como nas demais festas que celebramos[52].   835
Mas, se uma mulher desse à luz um covarde e vilão,
um trierarca vilão ou um piloto incompetente,
que ela, com a cabeleira raspada, fosse colocada atrás
da que deu à luz o corajoso. O que faria lembrar, ó Cidade,
a mãe de Hipérbolo, vestida de branco   840
e com os cabelos soltos, sentar-se junto da mãe de Lâmaco,
e emprestar dinheiro[53]? A ela, se emprestasse a alguém
e exigisse juros, ninguém deveria pagá-los,
mas tomar seu dinheiro à força, dizendo isto:
"Já que criou tal criatura, você merece sim que seu dinheiro
                            [dê cria!"   845

Parente
Já fiquei vesgo de esperar por ele, e ele, nada.
O que estaria amarrando os seus pés? Só pode
ser vergonha do *Palamedes*, que é sem graça.
Com que outra peça eu o atrairia?
Já sei! Vou imitar sua nova *Helena*[54].   850
Estou usando uma veste feminina de qualquer forma.

Uma Mulher
O que você está tramando ainda? Por que esses olhos
                            [arregalados?
Uma amarga Helena você vai ver logo, se não ficar
bem comportado até que uma das autoridades apareça.

PARENTE (*como Helena*)
Eis as correntes virginais do Nilo 855
que, em lugar da divina chuva, as planícies do Egito
umedece de branco para o povo de negro purgante.

UMA MULHER
Você é um canalha, por Hécate portadora da luz[55].

PARENTE
A minha pátria, Esparta, não é uma terra
anônima e meu pai é Tíndaro.

UMA MULHER
        É esse então, miserável, 860
o seu pai? É Frinondas, isso sim.

PARENTE
E me chamaram Helena.

UMA MULHER
        Virando mulher de novo,
antes de ser castigado pelo outro travestimento?

PARENTE
Muitas almas, por minha causa, morreram
nas margens do Escamandro[56].

UMA MULHER
        Antes tivesse morrido você também. 865

PARENTE
E aqui estou eu, mas o meu infeliz marido,
Menelau, nunca chega.
Por que ainda vivo?

UMA MULHER
Por malandragem dos abutres.

PARENTE
Mas algo como que acaricia o meu coração.
Ó Zeus, não destrua a esperança nascente! 870

EURÍPIDES (*como Menelau*)
Quem detém o poder dessas moradas fortificadas?
Tomara alguém que receba hóspedes exaustos
da agitação do mar tempestuoso e de naufrágios.

PARENTE
De Proteu é este teto.

UMA MULHER
Que Proteu,
seu desgraçado triplo? Ele está mentindo, pelas duas deusas. 875
Proteu morreu dez anos atrás.

EURÍPIDES
Para que país impelimos nosso barco?

PARENTE
Para o Egito.

Eurípides
Que infelicidade, onde viemos parar!

Uma Mulher
Você acredita no lero-lero deste malvado
que terá uma má morte? Isto aqui é o Tesmofórion.   880

Eurípides
E Proteu, ele está lá dentro ou está longe daqui?

Uma Mulher
Só mesmo ainda nauseado, estrangeiro,
tendo escutado que Proteu está morto,
pergunta em seguida: "Ele está lá dentro ou longe daqui?"

Eurípides
Ai, ai, morto! Onde, em que sepultura foi enterrado?   885

Parente
Eis aqui o seu túmulo, sobre o qual estamos sentados.

Uma Mulher
Que você tenha uma má morte, pois vai morrer mesmo,
você que ousa chamar de túmulo o altar.

Eurípides
E por que, ó estrangeira, você se senta neste assento
sepucral, encoberta por um véu?

Parente
          Sou forçada   890
a partilhar o leito com o filho de Proteu.

As tesmoforiantes

Uma Mulher
Por que, seu desgraçado, você está enganando de novo o
　　　　　　　　　　　　　　　　　　　　[estrangeiro?
Este veio aqui mal-intencionado, estrangeiro,
para roubar o ouro das mulheres.

Parente
Pode latir enquanto lança sobre o meu corpo a censura.　　　895

Eurípides
Estrangeira, quem é esta velha, a que lhe ofende?

Parente
Ela é Teónoe, a filha de Proteu.

Uma Mulher
　　　　Pelas deusas,
se não sou Crítila, a filha de Antiteu de Gargeto.
E você é um canalha.

Parente
　　　　Diga o que quiser.
Não me casarei com seu irmão jamais　　　　　　　　　　900
traindo Menelau, meu marido em Tróia.

Eurípides
Mulher, o que você disse? Volte para mim seus olhos
　　　　　　　　　　　　　　　　　　　　[brilhantes.

Parente
Tenho vergonha de você depois de ter sido insultada na cara.

EURÍPIDES
O que é isso? Sou incapaz de falar.
Ó deuses, que visão contemplo? Quem é você, mulher? 905

PARENTE
E você, quem é? Pois eu digo o mesmo a você.

EURÍPIDES
É Helena ou uma habitante local?

PARENTE
Helena. Mas também quero saber o seu nome.

EURÍPIDES
Vi em você forte semelhança com Helena, mulher.

PARENTE
E eu, em você, com Menelau, ao menos na alfazema. 910

EURÍPIDES
Você reconheceu bem um homem desventurado.

PARENTE
Você, que vem tão tardio aos braços de sua cônjuge,
tome-me, tome-me, esposo, envolva-me em seus braços.
Vamos, tome um beijo. Leve-me, leve-me, leve-me, 915
tão logo tenha se apossado de mim.

UMA MULHER
Pelas deusas, quem levar você

vai lamentar quando atingido pela minha tocha.

Eurípides
A minha própria mulher, a filha
de Tíndaro, você me impede de levar para Esparta?

Uma Mulher
Ai, eu acho que você também é um canalha 920
e que é cúmplice dele. Não é à toa
essa história de Egito há tanto tempo. Mas ele será punido,
pois a autoridade e o arqueiro estão vindo.

Eurípides
Isso vai mal. Tenho que sair de fininho.

Parente
E eu, desgraçado que sou, o que devo fazer?

Eurípides
          Mantenha a calma. 925
Enquanto eu viver, jamais trairei você,
a menos que as minhas tramas infinitas me abandonem.

Parente
Esse anzol não foi fisgado.

Autoridade
Este então é o canalha de que nos falava Clístenes?
Ei você, por que abaixa a cabeça? Arqueiro, prenda-o 930
e o conduza até a canga. Depois, fique a postos,

vigie e não deixe ninguém se aproximar dele,
mas se alguém o fizer, rapaz,
use o chicote.

Uma Mulher
    Sim, por Zeus, porque ainda agora um homem,
um trambiqueiro, quase o tirou de mim. 935

Parente
Sua autoridade, por esta mão direita, que você gosta
de estender em concha quando alguém lhe dá uma moeda,
conceda-me um favor, algo simples, embora eu vá morrer.

Autoridade
Qual favor?

Parente
    Antes de me prender na canga,
ordene ao arqueiro que me deixe nu 940
para, com este manto cor de açafrão e esta faixa, homem
                                             [velho que sou,
não matar de rir os abutres a que darei de comer.

Autoridade
O Conselho decidiu prender você como está
para que fique claro aos passantes que você é um canalha.

Parente
Ai, ai, ai! Ó manto cor de açafrão, no que você me meteu! 945
E não resta mais nenhuma esperança de salvação.

As tesmoforiantes

CORIFEU

Vamos, brinquemos nós agora, como é costume aqui
 [entre as mulheres
quando, nos dias sagrados, celebramos os augustos
 [mistérios das duas deusas.
Também Pauson[57] as venera e jejua,
muitas vezes dirigindo-lhes preces conosco   950
para que, de um ano a outro,
esses ritos constantemente lhe ocupem.

CORO

Vamos, avança com pés leves, forma uma roda,
une mão com mão, marca cada uma   955
o ritmo da dança sagrada. Anda com ágeis pés. Mas a nossa
 [formação coral
deve, com olho firme, examinar tudo ao redor.
 E, ao mesmo tempo,
 a raça dos deuses olímpios   960
 cada uma cante e honre com sua voz, levada pelo
 [êxtase da dança.
Se alguém
espera que eu, por ser mulher,
fale mal dos homens no templo, está enganado.
Mas é preciso,
tarefa nossa, imediatamente
iniciar a dança cíclica com um passo vigoroso.
Move os pés adiante ao cantar
o deus de bela lira e a portadora do arco,   970
Ártemis, casta senhora[58].
Graças, ó longe-atirador,

dá-nos a vitória.
E Hera, a casamenteira,
cantemos como é natural,
ela que brinca com todos os coros 975
e guarda as chaves das bodas.
Peço a Hermes, o protetor dos pastores,
a Pã e às Ninfas amadas
que sorriam de bom grado
com nossas 980
danças, alegrando-se.
Começa de bom grado
o passo duplo, encanto da dança.
Brinquemos, mulheres, como é costume.
De todo o modo, estamos em jejum.

Vamos, salta, retorna com pé ritmado, 985
torneia cada canção.
Guia-me tu mesmo,
coroado com hera, senhor
Baco, e eu, com cortejos
amantes da dança, cantarei a ti.
E tu, Dioniso Brômio, 990
filho de Zeus e de Semele,
avanças pelas montanhas
alegrando-se com os amáveis
hinos das Ninfas —
evoé, evoé, evoé! —
conduzindo coros a noite toda.
Ao redor, é consoante 995
o eco do Citerão,

e as montanhas sombrias,
cobertas de escura folhagem,
e os vales pedregosos bramem.
E, em volta, em gavinhas circulares, a hera
de bela folha floresce.   1000

ARQUEIRO
Aqui, agora, tu chorará a céu abertu[59].

PARENTE
Arqueiro, eu imploro...

ARQUEIRO
Tu não me implorar.

PARENTE
Afrouxe a presilha.

ARQUEIRO
Tá, eu fazerei issu.

PARENTE
Ai, ui, desgraçado de mim. Você está apertando ainda mais!

ARQUEIRO
Ainda querer mais?

PARENTE
Ui, ui, ui, ui, ui!   1005
Que você tenha uma má morte!

Arqueiro
Silêncio, velhu desgraçadu.
Vamu, eu buscar esteira pra vigiá ocê.

Parente
Eis as vantagens que tirei de Eurípides.
Ah! Deuses, Zeus salvador, restam esperanças.
Ao que parece o homem não vai me trair, ao contrário, 1010
ao fazer sua entrada como Perseu, deu sinal
de que eu devia virar Andrômeda[60]. De toda a forma,
já tenho essas correntes. Está claro que
ele virá para me salvar. Ou não teria voado até aqui.
(*como Andrômeda*)
    Virgens queridas, queridas, 1015
    como eu poderia ir embora
    sem que o bárbaro notasse?
Estás escutando, tu que nas grutas respondes aos meus
                                          [cantos?
Consente, permite que eu 1020
vá ao encontro da minha mulher.
Impiedoso é quem me prendeu,
eu que sou o mais sofrido dos mortais.
Com grande custo escapei de uma velha
em decomposição e estou morto do mesmo jeito. 1025
Este guarda da Cítia,
postado há tempo ao meu lado, suspendeu-me,
miserável, sem amigos, refeição para os abutres.
Vês, nem em danças
nem com jovens da mesma idade 1030
seguro, em pé, a urna eleitoral,

mas enlaçada em espessas correntes
jazo como alimento ao monstro Glaucetes[61].
Com um peão não
de núpcias, mas de prisão, 1035
lamentai minha sorte, mulheres, que,
miserável, sofri miseravelmente –
ai, como sou infeliz, infeliz –
com o tratamento injusto da parte
dos parentes. Lanço uma súplica,
acendo um fúnebre lamento, lacrimoso, 1040
    – ai, ai, ai, ai –
à alma que primeiro me depilou,
que me vestiu com este manto cor de açafrão
e que, além disso, me enviou para este templo, 1045
onde estão as mulheres.
Ah, dura divindade do destino!
Ó ser amaldiçoado que eu sou!
Quem não voltará o olhar para
as minhas dores, indignas de inveja diante dos presentes
                                             [males?
Quem dera o astro celeste, portador do fogo, 1050
me destruísse este bárbaro!
Contemplar a chama imortal não mais
me é grato, suspendido que estou,
divina é a dor de cortar a garganta, rápido
caminho em direção aos mortos. 1055

EURÍPIDES (*como Eco*)
Salve, cara criança, mas que os deuses
destruam Cefeu, seu pai, que a expôs.

Parente
Quem é você que se apieda do meu sofrer?

Eurípides
Eco, a que responde ao que se diz como o cuco,
a que, no ano passado, neste mesmo lugar,   1060
concorreu por Eurípides[62].
Mas, filha, você deve fazer a sua parte,
lamentar-se de dar dó.

Parente
E você se lamentará em seguida.

Eurípides
Eu cuidarei disso. Mas depressa com a sua fala.

Parente
Ó noite sagrada,   1065
quão longo é o trajeto que percorres
conduzindo um carro pelo dorso estrelado
do éter sagrado
através do augustíssimo Olimpo.

Eurípides
Olimpo.

Parente
Por que supera tanto aos demais o quinhão   1070
de males de Andrômeda, o meu quinhão?

EURÍPIDES
O meu quinhão?

PARENTE
Da morte, infeliz...

EURÍPIDES
Da morte, infeliz...

PARENTE
Você me mata, velha, com esse trololó.

EURÍPIDES
Trololó.

PARENTE
Por Zeus, você é uma chata. Me interrompe   1075
além dos limites.

EURÍPIDES
Além dos limites.

PARENTE
Meu caro, deixe-me cantar a minha monodia,
por favor. Basta!

EURÍPIDES
Basta!

PARENTE
Vá se danar!

EURÍPIDES
Vá se danar!

PARENTE
Qual é o seu problema?

EURÍPIDES
Qual é o seu problema?

PARENTE
Bobagem!

EURÍPIDES
Bobagem! 1080

PARENTE
Você me paga!

EURÍPIDES
Você me paga!

PARENTE
Você vai se dar mal!

EURÍPIDES
Você vai se dar mal!

ARQUEIRO
Ei, você! Que blá-blá-blá é esse?

As tesmoforiantes

EURÍPIDES
Ei, você! Que blá-blá-blá é esse?

ARQUEIRO
Vou chamar as autoridades.   1085

EURÍPIDES
Vou chamar as autoridades.

ARQUEIRO
Qual é o seu problema?

EURÍPIDES
Qual é o seu problema?

ARQUEIRO
Quedi a voz?

EURÍPIDES
Quedi a voz?

ARQUEIRO
É você que está falando?

EURÍPIDES
É você que está falando?

ARQUEIRO
Pode começar a chorar.

EURÍPIDES
Pode começar a chorar.

ARQUEIRO
Tá gozandu eu?

EURÍPIDES
Tá gozandu eu?

PARENTE
Por Zeus, eu não, mas essa mulher aí perto está. 1090

EURÍPIDES
Aí perto está.

ARQUEIRO
Quedi a desgraçada?

PARENTE
Está dando o fora.

ARQUEIRO
Pra donde, pra donde cê pensa que vai?

EURÍPIDES
Pra donde, pra donde cê pensa que vai?

ARQUEIRO
Logo cê não achar graça.

EURÍPIDES
Logo cê não achar graça.

Arqueiro
Grunhindo ainda?

Eurípides
Grunhindo ainda? 1095

Arqueiro
Pegue a desgraçada.

Eurípides
Pegue a desgraçada.

Arqueiro
Muié tagarela e maldita.

Eurípides (*de volta como Perseu*)
Ó deuses, que terra bárbara alcançamos
com sandália veloz? Através do Éter,
cortando caminho, eu, Perseu, pouso aqui meu pé alado. 1100
Sigo por mar até Argos e levo
a cabeça da Górgona.

Arqueiro
O que cê diz? A cabeça
de Gorgo, o escrivão[63]?

Eurípides
Da Górgona,
eu disse.

Arqueiro
Gorgo eu dizer também.

Eurípides
Ah, que rocha é esta que eu vejo? E que donzela 1105
semelhante às deusas nela, como um navio, está ancorada?

Parente
Estrangeiro, tenha piedade de mim, a desafortunada.
Solte as minhas amarras.

Arqueiro
Cê não tagarelar.
Maldito, vai morrer e ousa tagarelar?

Eurípides
Donzela, apiedo-me ao vê-la aí suspensa. 1110

Arqueiro
Não é uma dunzela, mas um velho trapaceru,
ladrão e canalho.

Eurípides
Que bobagem, Bárbaro.
Esta é Andrômeda, filha de Cefeu.

Arqueiro
Olhe bem a sua xoxota. Não parece piquena?

Eurípides
Dê aqui a sua mão, jovem, para que eu a toque.

As tesmoforiantes

Vamos, Bárbaro! Todos os homens
têm suas fraquezas. A minha é
estar apaixonado por esta jovem.

Arqueiro
Não invejar ocê.
Mas se ele tivesse o cu virado pra cá,
não impediria ocê enrabar ele.   1120

Eurípides
Então por que não deixar que eu a solte, Bárbaro,
caia na cama e no leito nupcial?

Arqueiro
Se ocê ter tamanho desejo de enrabar o velhote,
fura a canga por trás e fode.

Eurípides
Não, por Zeus, antes eu soltarei as amarras.

Arqueiro
Então eu chicotear ocê.   1125

Eurípides
Mesmo assim, vou fazê-lo.

Arqueiro
Tirar fora então
sua cabeça com esse facão aqui.

Eurípides
Ai, ai. O que farei? Que argumentos devo usar?
Sua natureza bárbara não os aceitaria.
Ensinar novos conceitos aos tolos 1130
é trabalho vão. Preciso apresentar
uma outra trama que esteja ao seu alcance.

Arqueiro
Raposa desgraçada, dar uma de macaco pra cima di eu!

Parente
Perseu, lembre em que miséria você me deixou.

Arqueiro
Cê ainda querer levar chicotadas? 1135

Coro
Palas, amante de coros,
costumo invocar aqui para nossa terra,
a virgem donzela insubmissa ao jugo,
que possui nossa cidade 1140
e, visivelmente, o poder, a única
a ser chamada guarda-chaves.
    Apareça, ó inimiga
      dos tiranos, como é natural.
O povo das mulheres te invoca. 1145
Tomara que compareças trazendo
a paz que ama as festas.
Chegai animadas, propícias,
soberanas, ao vosso bosque.

Aos homens não é lícito espiar 1150
os ritos augustos das duas deusas onde, à luz das
                                    [tochas,
são visíveis, imortal visão.
Comparecei, vinde, suplicamos, 1155
ó mui veneradas Tesmóforas.
Se antes já nos escutaste,
vinde e, suplicamos,
chegai agora aqui em nosso meio.

Eurípides

Mulheres, se vocês querem daqui por diante 1160
firmar a paz comigo, a hora é essa,
sob a condição de jamais ouvirem de minha parte
nada de ofensivo no futuro. Isso eu proclamo.

Corifeu

Por que você nos faz essa proposta?

Eurípides

Este aí na canga é parente meu. 1165
Se eu o levar comigo, jamais serão alvo
das minhas injúrias. Mas se não concordarem comigo,
aquilo que agora fazem escondidas em casa, aos seus
                                      [maridos
delatarei, quando voltarem do exército.

Corifeu

No que nos diz respeito, saiba que estamos de acordo. 1170
Mas cabe a você convencer este bárbaro.

EURÍPIDES
É tarefa minha. A sua, gatinha,
é lembrar de fazer o que eu falei no caminho.
Primeiro passe para cá e sapateie.
E você, Teredon, toque uma pérsica[64]. 1175

ARQUEIRO
Que barulhu é esse? Uma banda me acordar?

EURÍPIDES (*como velha*)
Essa menina quer se exercitar, Arqueiro.
Ela vai dançar para uns rapazes.

ARQUEIRO
Ela dançar e se exercitar, não vou proibir.
Como é ágil, uma pulga num tosão! 1180

EURÍPIDES
Vamos, pra cima com a túnica, minha filha.
Sente sobre os joelhos do Bárbaro
e estenda os pés para que eu os descalce.

ARQUEIRO
Isso, isso.
Senta, senta sim, filhinha, assim.
Ai, que tetinhas duras, são como rabanetes! 1185

EURÍPIDES
Toque mais rápido. Ainda com medo do Bárbaro?

ARQUEIRO
Belu traseru! E ocê, pode começa a chorá, se não ficar aí
[dentro.
Bom.... Bela figura do membro.

EURÍPIDES
Está bom. Pegue a sua túnica. É hora
De ir embora.

ARQUEIRO
Não me beijar primeru? 1190

EURÍPIDES
Claro que sim. Beije-o.

ARQUEIRO
Ooooooh papapapai!
Que doce o seu língua, como mel ático!
Por que não deita perto de mim?

EURÍPIDES
Adeus, Arqueiro.
Não daria certo.

ARQUEIRO
Daria sim, velhota.
Cê me fazer esse favor.

EURÍPIDES
Então me dará uma dracma? 1195

Arqueiro
Sim, sim, eu dar.

Eurípides
Então passa a grana.

Arqueiro
Eu não ter nada. Mas tome a aljava.
E então eu a levar. Venha, filhinha.
E você ficar de olho nesse velho, velhota.
Qual é o seu nome?

Eurípides
Artemísia[65].   1200

Arqueiro
Lembrar esse nome: Artamuxia.

Eurípides
Hermes trapaceiro, saiu melhor que a encomenda!
Corra para longe, menino, e leve essas coisas.
Eu vou soltar esse aí. E você,
quando estiver livre, fuja como um homem, o mais rápido
                              [que puder,   1205
e vá para casa, ao encontro de sua mulher e dos seus filhos.

Parente
Eu cuidarei bem disso, assim que estiver livre.

Eurípides
Está livre. Agora é com você: fuja antes do Arqueiro
voltar e capturá-lo.

PARENTE
É para já.

ARQUEIRO
Ó velhota, que gostosa é a sua filhota, 1210
nada emburrada, mas um doce. Quedi o velhote?
Ai de mim, estou frito! Quedi o velhote daqui?
Velhota, velha! Não é bunito, velhota.
Artamuxia!
Me enganou, a velha. E você, para longe daqui.
Você é bem uma aljava, pois me alvejou. 1215
Ai de mim,
Que fazer? Pradonde a velhota? Artamuxia!

CORIFEU
Você procura a velha da harpa?

ARQUEIRO
Essa mesma. Cê viu ela?

CORIFEU
Ela foi por ali.
Ela e um velho atrás dela.

ARQUEIRO
O velho usava um manto cor de açafrão?

CORIFEU
Tenho certeza absoluta. 1220
Ainda poderia alcançá-los, se os seguisse por ali.

ARQUEIRO
Velha maldita! Que caminho tomar?
Artamuxia!

CORIFEU
Para cima, lá pra cima, atrás deles! Para onde você está indo?
[Não vai voltar
pra cá, né? Você está correndo na direção errada.

ARQUEIRO
Desgraçado! Mas, correr. Artamuxia!   1225

CORIFEU
Corra rápido até os abutres, bons ventos o levem.
Mas já brincamos o bastante
e é hora de cada uma
voltar para a sua casa. E que as duas Tesmóforas,
com seu favor benevolente,   1230
possam nos recompensar.

NOTAS

[1] Eurípides cita livremente uma passagem da tragédia de sua própria autoria, *Melanipe, a sábia*, da qual restam poucos fragmentos. Caracteristicamente, Eurípides substitui o mais tradicional Urano por Éter, divindade a que são associados os novos sábios na comédia (cf. Sócrates em *Nuvens*, v. 265; Eurípides, mais adiante, v. 272, em *Rãs*, v. 892).

[2] Agatão é uma geração mais novo do que Eurípides. Em 416 a.C., obtém sua primeira vitória em um concurso dramático, ocasião em que se celebra a reunião retratada em *O banquete* de Platão, obra da qual é um dos personagens. É citado por Aristóteles, na *Poética*, por ter composto odes tematicamente desvinculadas do conjunto da peça e por ter criado enredos puramente ficcionais, sem inspiração em mitos ou fatos históricos. Destacava-se também por sua beleza e pelo relacionamento homossexual que manteve com Pausânias. Morreu por volta de 400 a.C. na corte de Arquelau da Macedônia.

[3] A palavra tíaso designa um grupo de seguidores ou adoradores de uma divindade, no caso, Agatão, em cuja casa se reúnem as Musas.

[4] As Tesmofórias, festival em honra de Deméter e Perséfone, eram celebradas pelas mulheres casadas no mês pianepsion (equivalente a outubro). Durante três dias, as esposas deixavam as suas casas e se recolhiam ao Tesmofórion, templo das duas deusas, onde a presença masculina era expressamente proibida. Também não era permitido divulgar o caráter dos cultos ali praticados, mas se sabe que visavam a garantir a renovação da vida.

[5] O enciclema é uma plataforma rolante usada no teatro que permite revelar aos espectadores uma cena passada no interior de uma residência.

[6] As mulheres não têm identidade pública salvo no caso das sacerdotisas e das cortesãs. Ao que tudo indica, Cirene está nesse último caso, já que se confunde com o ultra-produzido Agatão.

⁷ Agatão apresenta um canto coral em que executa tanto a parte do líder do coro, provavelmente uma sacerdotisa, quanto a dos coreutas, aparentemente jovens troianas que celebram as divindades associadas à Tróia na *Ilíada*, como Leto e seus filhos, Apolo e Ártemis e as Graças Frígias.

⁸ As deusas ctônicas são Deméter e Perséfone, cujos atributos são as tochas.

⁹ Febo Apolo e Posidon ergueram as muralhas de Tróia, terra banhada pelo Simoente.

¹⁰ As Genetílides são deusas associadas a Afrodite Cólia, à sexualidade feminina e à procriação.

¹¹ Ésquilo compôs uma tetralogia, hoje perdida, sobre Licurgo, rei trácio que expulsou Dioniso de seu território atraindo sobre si a vingança do deus – o paralelo com o mito de Penteu, dramatizado por Eurípides n'*As bacantes*, é evidente. Os versos seguintes ora citam ora parodiam o interrogatório do deus pelo rei em *Os edonianos*, uma das peças da *Licurgia*.

¹² Fedra é a heroína do mito que, casada com Teseu, declara seu amor por Hipólito, seu enteado. Rejeitada pelo jovem, acusa-o de tentar violá-la e suicida-se. Eurípides escreveu duas peças sobre o tema, ambas intituladas *Hipólito*, das quais uma foi preservada na íntegra. Na comédia, Fedra evoca sempre a falta de pudor e a perfídia do gênero feminino (cf. mais adiante vv. 497 e 547-550).

¹³ Os sátiros são seres híbridos de homens e bodes cuja lascívia é constantemente retratada na arte cerâmica. Designam uma doença, a satiríase, que consiste numa ereção prolongada.

¹⁴ Íbico, Anacreonte e Alceu são poetas da lírica arcaica. Todos viveram nos arredores da costa jônica, cujo apreço pelo luxo por parte de seus habitantes era proverbial entre os gregos continentais, que os reputavam efeminados. De fato, Alceu e Anacreonte são retratados na cerâmica em trajes sofisticados, semelhantes às vestes femininas.

¹⁵ Frínico foi um tragediógrafo contemporâneo de Ésquilo cuja obra está reduzida a fragmentos. Seu estilo é sempre elogiado por Aristófanes.

¹⁶ Fílocles, Xénocles e Teógnis são três tragediógrafos contemporâneos, alvos freqüentes de zombaria nas comédias de Aristófanes.

¹⁷ Citação de *Eolo*, tragédia de Eurípides da qual só restam fragmentos.

[18] Citação do verso 691 de *Alceste*, tragédia de Eurípides.
[19] Cípris é uma designação da deusa Afrodite, adorada em Chipre. Nesta passagem, Agatão se apresenta como um rival das mulheres nas conquistas amorosas, atraindo com isso a raiva delas.
[20] Em busca de uma aparência feminina, o parente deve barbear-se e queimar os pêlos pubianos. De uma forma geral, os pêlos estavam associados à virilidade e sua ausência era indício de efeminação.
[21] As deusas augustas são Deméter e Perséfone. Antes mesmo de completar a depilação, o parente já age como mulher ao recorrer aos préstimos das duas deusas.
[22] Clístenes, que entrará em cena no verso 574, é satirizado na comédia por seus trejeitos efeminados. Deduz-se da passagem que ele não usava barba, contrariando os costumes dos atenienses adultos.
[23] Agatão entra em sua casa da mesma forma que saiu, sobre o enciclema (cf. nota 5).
[24] Citação de *Melanipe, a sábia*, tragédia de Eurípides da qual só restam fragmentos (cf. vv. 13-18, nota 1, e *Lisístrata*. v. 1124).
[25] O Hipócrates aqui referido é provavelmente o sobrinho de Péricles que mandara erguer prédios luxuosos em Atenas, que rivalizariam com as moradas divinas.
[26] Citação do verso 612 de *Hipólito*, tragédia de Eurípides.
[27] Trácia é a escrava que acompanha o parente ao Tesmofórion. Em Atenas, os escravos eram normalmente designados pelo seu lugar de origem.
[28] Antes do início de qualquer atividade, devia-se pedir a proteção dos deuses, nesse caso, dos ligados a Deméter e Perséfone, as duas Tesmóforas. Pluto, filho de Deméter, representa a riqueza, a abundância. Caligenia, deusa que favorece uma prole saudável, é celebrada no terceiro dia das Tesmofórias, que leva o seu nome. Nutriz de jovens, *Kourotrophos* é a divindade a que se atribui a saúde das crianças. Hermes, o mensageiro dos deuses, foi encarregado por Zeus de buscar Perséfone no reino de Hades.
[29] Algumas das divindades evocadas pelo coro são identificadas apenas por seus epítetos ou locais de culto. É o caso de Apolo, cujo santuário mais importante fica em Delos; de Palas Atena, a deusa virgem, guerreira, de

olhos que brilham como os da coruja (glaucópida) e, no verso seguinte, de Ártemis, a caçadora, filha de Leto e de Zeus.

[30] O segundo dia das Tesmofórias era dedicado à lamentação e ao jejum, lembrando a dor de Deméter diante do rapto de Perséfone. Era de se supor uma diminuição das atividades para as mulheres.

[31] As duas deusas por quem as mulheres juram habitualmente são Deméter e Perséfone.

[32] Referência a *Estenebéia*, tragédia de Eurípides da qual restam poucos fragmentos. Os versos, curiosamente, não aludem à distração da heroína homônima, a jovem esposa de Preto, que, apaixonada por Belerofonte, o hóspede de Corinto, deixa cair a louça. Chama-se a atenção para o fato de que sempre que algo se quebrava, a jovem, como é do costume grego até hoje, pedia aos deuses que esse azar resultasse na sorte de um ente querido.

[33] Citação de um verso de *Fênix*, tragédia de Eurípides da qual restam apenas fragmentos.

[34] Esse Xénocles é o mesmo mencionado no v. 169; seu pai, Carcino, também era tragediógrafo.

[35] Enquanto o marido preparava um remédio à base de ervas para aliviar as dores da esposa, ela, para sair de casa sem fazer ruído, vertia água nas dobradiças, pois assim não rangeriam.

[36] Apolo Agieu, ou das ruas, tinha seu altar diante de várias residências atenienses. O loureiro é uma planta relacionada ao seu culto.

[37] Paródia de provérbio com substituição da palavra escorpião por orador.

[38] Aglauro era uma das filhas de Cécrops, um dos reis míticos da Ática.

[39] Fedra e Melanipe são dadas como exemplos das personagens de Eurípides que denigrem a imagem das mulheres. Penélope, que evitou novas núpcias ao tecer uma mortalha de dia e desfazer a trama à noite até que Odisseu regressasse de Tróia, é símbolo de fidelidade e virtude feminina.

[40] As Apatúrias eram festividades da fratria, grupo que reunia os cidadãos pertencentes a clãs familiares comuns, e realizavam-se em outubro. O festival constituía-se de diversos banquetes cuja participação era vedada às mulheres e culminava com a apresentação das crianças nascidas durante o ano aos membros da fratria, o que garantia a sua cidadania.

41 Cleônimo é um político ateniense cuja glutonaria e covardia eram alvos constantes de zombaria por parte de Aristófanes.

42 O agrião era considerado antidiurético na medicina popular.

43 A passagem compreendida entre os versos 689 e 758 parodia uma cena do *Télefo*, tragédia perdida de Eurípides. Télefo, o rei mísio ferido por Aquiles ao defender sua pátria dos invasores gregos a caminho de Tróia, descobre que somente seu agressor poderia curá-lo. Aliado dos troianos, cobre-se de andrajos para penetrar desapercebido no acampamento grego e, tomando Orestes, filho de Agamenão, como refém, garante o direito de defesa. Aqui, o parente toma o "bebê" de Mica e tenta escapar do Tesmofórion.

44 A dicção trágica e a métrica fazem supor que essa passagem e outras inseridas nas duas próximas falas sejam citação, provavelmente, do *Télefo*, tragédia de Eurípides da qual restam apenas fragmentos.

45 Festividades em honra de Dioniso, em que, à parte as representações teatrais, havia procissões e era consumido o vinho.

46 A tragédia *Palamedes* foi apresentada por Eurípides em 415 a.C. junto com as *Troianas*. Nela, Palamedes é julgado pelos comandantes gregos após ter sido acusado falsamente por Odisseu de ter-se associado aos troianos. Na passagem em questão, parodia-se a cena em que o irmão do herói, Éax, escreve ao seu pai para informar sua morte.

47 A parábase é uma seção da comédia antiga exclusivamente coral em que os coreutas avançavam em direção ao público para louvar a si e aos seus aliados e censurar seus opositores.

48 Enquanto Carminos é indubitavelmente o comandante da frota ateniense derrotada em Sime no início do ano, Nausímaca, "a que combate com barcos", é apenas um nome feminino significativo nesse contexto.

49 Cleofonte, o líder do partido democrata, é comparado à cortesã Salabaco, numa alusão aos pagamentos que ele receberia em troca de seus favores políticos.

50 Aristômaca, "a batalha excelente", Estratonice, "a vitória do exército", e Eubula, "o bom conselho", são outros nomes de mulher escolhidos por seus significados. Como exemplo vê-se Aristômaca associada à Maratona, planície vizinha a Atenas onde se travou a batalha decisiva contra os Persas em 490 a.C.

[51] Anito foi um político democrata que ficou mais conhecido por figurar entre os acusadores de Sócrates.

[52] As Estênias e as Ciras são, como as Tesmofórias, festivais celebrados por mulheres em honra de Deméter e Perséfone. Taxiarca, estratego e, mais abaixo, trierarca são postos militares designando respectivamente o comandante de infantaria, o general e o comandante de uma trirreme.

[53] Hipérbolo, o comerciante de lamparinas, tornou-se um dos líderes radicais após a morte de Cleão em 422 a.C. até cair vítima do ostracismo em 417 a.C. O general Lâmaco, retratado por Aristófanes como soldado fanfarrão em *Acarnenses*, teve morte heróica combatendo na Sicília em 414 a.C.

[54] A tragédia *Helena*, conservada integralmente, foi apresentada por Eurípides no ano anterior, 412 a.C., daí ser considerada "nova". Nela, Eurípides retoma a palinódia de Estesícoro e apresenta a heroína como a casta esposa de Menelau que permaneceu no Egito, guardada pelo rei Proteu, enquanto seu duplo teria ido a Tróia com Páris. Na peça, Menelau naufraga na costa egípcia a tempo de reencontrar a verdadeira Helena, reconhecer sua virtude e impedir seu casamento iminente com Teoclímeno, filho do falecido Proteu. A passagem compreendida entre os versos 855 e 923, com exceção das falas da mulher guardiã, ora cita ora parodia a tragédia de Eurípides.

[55] Hécate, divindade lunar associada à magia, era cultuada sobretudo entre as mulheres. Com o epíteto de "portadora da luz" é mencionada na *Lisístrata* (vv. 443 e 738) e na *Helena* (v. 569), quando Menelau atribui aos encantos dessa deusa o duplo de sua esposa que ele traz em seu navio.

[56] O Escamandro é o principal rio que corre pela planície troiana.

[57] Pauson, pintor mencionado por Aristóteles na *Poética* (1448 a6) e diversas vezes por Aristófanes, aparece aqui como companheiro de jejum pelas mulheres devido à sua pobreza.

[58] A lira é atributo de Apolo, assim como o arco e a flecha, armas que compartilha com Ártemis, sua irmã gêmea, o que faz dele o longe-atirador do verso seguinte.

[59] Os arqueiros desempenhavam funções policiais em Atenas e eram escravos oriundos da Cítia. Isso explica o seu grego macarrônico, caracterizado por uma série de erros gramaticais e falhas de pronúncia.

AS TESMOFORIANTES

60 Com essa frase, introduz-se a paródia de mais uma tragédia de Eurípides, *Andrômeda*, produzida juntamente com *Helena* no ano anterior (412 a.C.). Embora só se disponha de fragmentos dessa peça, o enredo pode ser reconstituído. Trata-se da salvação da jovem princesa etíope Andrômeda, oferecida por seus pais em sacrifício a um monstro marinho após sua mãe, Cassiopéia, ter ofendido as Nereidas, proclamando-se mais bela do que elas. Perseu, voltando de sua aventura com a Medusa, avista a jovem, apaixona-se e a salva, com a promessa de desposá-la. Na comédia, Eurípides surge com as vestes de Perseu, mas primeiro desempenhará na passagem parodiada (vv. 1015-1097) o papel de Eco, ninfa que repete os lamentos da jovem abandonada na praia, assumindo as falas do herói depois (1098-1135).

61 Esse Glaucetes foi citado anteriormente nas comédias por seu tamanho descomunal e sua glutonaria, qualidades que o aproximariam do monstro marinho.

62 Referência às Grandes Dionísias de 412 a.C., quando Eurípides concorreu com sua *Andrômeda*.

63 As górgonas são seres monstruosos de cabelos de serpente, presas de javali e olhar petrificante. Aqui Eurípides/Perseu se refere à Medusa, cuja cabeça o herói cortou e portava consigo. Nos versos seguintes estabelece-se uma confusão entre a criatura mitológica e um indivíduo de nome Gorgo. Caso o Arqueiro esteja aludindo às Górgias, o sofista, como faz Platão em *O banquete* (198 c), o termo escrivão está usado de forma imprópria, já que designa um cargo público de secretário, mas a correção lingüística não é mesmo uma característica da personagem.

64 Teredon, cujo nome designa um verme que rói a madeira, é a flautista que acompanha o grupo e a pérsica é uma melodia associada aos instrumentos de sopro.

65 Provavelmente o nome escolhido por Eurípides alude a Artemísia, rainha de Halicarnaso, que se aliou aos persas na expedição contra a Grécia. Diante de seu desempenho na batalha naval (cf. *Lisístrata*, v. 675), Xerxes teria dito: "Meus homens se tornaram mulheres; minhas mulheres, homens" (Heródoto, *Histórias*, livro VIII, 88), o que se aplica perfeitamente à situação da peça, em que todos os homens, com exceção da Autoridade e do Arqueiro, se travestem. Por outro lado, Artemísia

merece a consideração de Xerxes graças a um logro, pois o rei julgou que ela afundara um barco inimigo, quando na verdade atacara um aliado. A estratégia de Eurípides, agora aliado das mulheres, é parecida, pois explora a sensualidade feminina, recurso antes censurado, para libertar seu parente.

IMPRESSÃO E ACABAMENTO:
YANGRAF Fone/Fax: 6195.77.22
e-mail:yangraf.comercial@terra.com.br